AF309799

L'ANGE TUTÉLAIRE

OU

LE DÉMON FEMELLE,

MÉLODRAME

EN TROIS ACTES ET A GRAND SPECTACLE,

Par R. C. GUILBERT-PIXERÉCOURT.

Représenté, pour la première fois à Paris, sur le théâtre de la Gaité, le 2 juin 1808.

Musique de M. A. PICCINI, attaché à la musique particulière de l'Empereur.

Ballets de M. HULLIN.

A PARIS,

Chez BARBA, Libraire, Palais-Royal, derrière le Théâtre Français, n°. 51.

1808.

PERSONNAGES.	ACTEURS.

ALPHONSE, duc de Ferrare.   M. *Tautin.*

AMALDI, son frère.   M. *Lafargue.*

VERNER, chef de la garde Allemande. M. *Marty.*

GIANETTI, confident d'Amaldi.   M. *Frédéric.*

FLORA, jeune personne promise à
     Amaldi.   Mlle *Bourgeois.*

MARCO, intendant d'Alphonse.   M. *Pascal.*

DIABOLO, bandit subalterne.   M. *Duménis.*

ANDRÉA, } conjurés déguisés en   { M. *Ferdinand.*
SALVATOR, }   Spadassins.   { M. *Lafitte.*

PÉDRO, } valets d'Amaldi.   { M. *Beuzeville.*
SÉBASTIANI, }   { M. *Boulanger.*

Gardes.

Pages.

Conjurés.

Chasseurs.

Masques.

*L'action se passe à Ferrare vers le milieu du
seizième siècle.*

Vu au Ministère de la Police générale de l'Empire, confor-
mément aux dispositions du décret Impérial du 8 juin
1806. Paris, le 7 avril 1808. *Le Secrétaire général,*
          SAULNIER.

L'ANGE TUTÉLAIRE

OU

LE DÉMON FEMELLE.

ACTE PREMIER.

Le théâtre représente une partie du palais des ducs de Ferrare. A gauche, une aile de bâtiment à laquelle on arrive par une galerie couverte et donnant sur des jardins que l'on voit à droite, ce qui ressemble beaucoup à un cloître. Cette galerie, fermée dans le fond par de grandes fenêtres garnies de vitraux, donne sur un canal au-delà duquel on aperçoit des bosquets. Un banc, à droite, devant une touffe de lilas et de chévre-feuille. Il fait nuit. On entend gronder le tonnerre, et l'on voit des éclairs sillonner à travers les vitraux du fond.

SCENE PREMIERE.

FLORA, *enveloppée, de la tête aux pieds, dans une mante noire,* MARCO, *une lanterne sourde à la main.*

(*Ils arrivent le long de la galerie, et n'avancent qu'avec précaution.*)

M A R C O, *précédant Flora.*

Paix!... n'avancez pas... J'ai cru entendre...

FLORA, *avec indifférence.*

Rien que la foudre qui gronde... Ah! Marco, j'aime ce tems orageux. Qu'il peint bien la situation de mon ame ! Puisse la journée qui commence sous ces tristes auspices, voir, à son déclin, un ciel pur et sans nuages !

M A R C O.

Pardon, madame, l'entreprise que vous tentez...

FLORA.

Est périlleuse... téméraire même ; tant mieux ! Le succès en sera plus glorieux. Je veux prouver que rien n'est impossible à une femme animée par le désir de s'illustrer.

MARCO.

Les moyens que vous employez...

FLORA.

Sont bizarres ; c'est pour cela que je les ai choisis. Ils frapperont davantage.

MARCO.

Si l'événement trompait votre attente ?

FLORA.

Je mourrai avec le Duc, mais ce ne sera pas sans l'avoir vengé du perfide Amaldi.

MARCO.

Le monstre ! attenter aux jours de son frère !...

FLORA.

Il succombera, Marco... il le faut... Je le veux, pour la gloire de mon sexe. Demain Ferrare apprendra la chûte du traître, en même tems que ses projets criminels.... Mais le tems presse ; attends., et veille pour moi pendant que je vais, par un dernier avertissement qu'il croit recevoir d'une ombre échappée au séjour de la mort, engager Alphonse à se tenir sur ses gardes. (*au moyen d'un ressort qu'elle fait mouvoir, le panneau de la porte du bâtiment occupé par le Duc, fait la bascule.*) C'est à toi, bon Marco, que je suis redevable de ce moyen ; l'amitié se chargera de te récompenser.

MARCO.

Sauvez mon maître, belle Flora ; c'est Marco qui vous devra de la reconnaissance. Craignez d'être surprise...

FLORA.

Je ne crains rien. En tout cas, si quelqu'accident imprévu nous sépare, nous nous retrouverons dans la chapelle antique, située au milieu de ces bosquets, et où nous avons tout disposé pour les grands événemens de cette journée..... Nous seuls en avons la clef, dès-lors nulle inquiétude. Ne t'éloigne pas, je reviens bientôt.
(*Elle entre en se baissant et Marco remet le panneau en place.*)

SCENE II.

MARCO.

Quelle femme extraordinaire ! quelle énergie ! En vérité,

ce projet de s'opposer seule au bouleversement de son pays et de sauver les jours d'Alphonse, aux dépens de sa vie, me paraîtrait un rêve de la part d'un être aussi faible, s'il n'était inspiré par l'ame la plus noble et la plus courageuse!... Oh! je la seconderai de toutes mes forces... Que n'en ai-je assez pour renverser, d'un seul coup, tous ces misérables armés en secret contre le meilleur des hommes!... Cher Alphonse, mon respectable maître, pendant que tu jouis du sommeil paisible, qui est toujours la suite des bonnes actions, tu ignores que des méchans ont conspiré ta perte et que tu n'as pour défenseurs qu'une femme et un vieillard... Ah! si le ciel ne vient à leur aide, quel sera demain ton sort et le nôtre! (*à genoux.*) Mais tu nous protégeras, ô mon Dieu? Plus d'une fois tu t'es servi de la faible main d'un enfant pour raffermir des trônes ébranlés par de vils factieux; seras-tu moins équitable aujourd'hui? Non, sans doute; tu connais le fond de nos cœurs, la pureté de nos intentions; tu nous guideras à travers les écueils, et nous aurons, grace à ton invincible bras, la douce satisfaction d'avoir conservé les jours d'un homme vertueux, et préservé notre pays des horreurs de la guerre civile. (*On entend le son d'une cloche, à droite, dans l'éloignement.*) Le Duc appelle... imprudente Flora!... Mais, que dis-je?... c'est ma faute... J'ai oublié de lui dire qu'Alphonse voulant connaître l'auteur de ces apparitions nocturnes, a fait placer, ce matin, une petite cloche qui donne dans la chambre du chef de la garde Allemande et dans la mienne, afin de nous appeler au besoin... On vient de ce côté.... que dire?... que faire?... comment empêcher qu'elle ne soit surprise?... (*Il se tient à l'écart dans le bosquet à droite.*)

SCENE III.

MARCO, VERNER.

VERNER, *accourant par la galerie.*

Eh bien! eh bien! qu'est-il donc arrivé?...
(*Il va droit à la porte.*)

MARCO, *appelant Verner et se montrant avec sa lanterne.*
Monsieur Verner!

VERNER, *se retournant.*
Qui m'appelle?

MARCO, *à part.*
Donnons à Flora le tems de s'évader. (*haut.*) C'est moi,

Marco; venez, de grace, m'aider à retrouver la clef de l'appartement du Duc ; j'accourais, comme vous, au signal qu'il vient de nous donner, lorsque j'ai trébuché contre ce banc et la clef m'est échappée. (*pendant ce tems on sonne toujours.*)

VERNER.

Volontiers. Cherchons bien vîte , car il paraît qu'il y a urgence.

MARCO.

Je suis tout tremblant. (*il fait semblant de chercher , mais il a continuellement les yeux tournés vers la porte.*)

VERNER.

Oh ! cela se découvrira.

MARCO, *à part.*

J'en ai peur !

VERNER.

Tu as peur ?... allons donc... un ancien militaire avoir peur des esprits !

MARCO.

Il y en a de si méchans !

VERNER.

Baisse donc ta lanterne , je n'y vois pas.

SCENE IV.

LES PRÉCÉDENS, FLORA. 

(*Flora fait mouvoir le panneau de la porte et sort. Dans ce moment Verner se retourne vers Marco , qui regarde Flora: mais celui-ci , pour l'empêcher de voir ce qui se passe au fond, lui met la lanterne devant les yeux.*)

MARCO.

C'est que je regardais...

VERNER.

Qu'est-ce que tu fais ?... prends donc garde , tu vas me brûler la figure. (*Flora s'échappe et court vers le bosquet.*)

MARCO.

Pardon !... (*à part.*) Elle est dehors ! (*haut.*) La voilà , je la vois d'ici. (*il ramasse la clef qu'il avait laissé tomber auprès du banc.*) Venez, monsieur Verner... dépêchons.

VERNER.

Sans doute. (*ils vont ouvrir la porte de l'appartement d'Al-*

phonse. *Flora reparaît, passe devant le banc et se perd dans le bosquet.*)

SCENE V.

Les précédens, Soldats, *avec des flambeaux arrivant par la galerie.*

VERNER, *à Marco.*

Entre toujours... je vais te rejoindre.... (*Aux soldats.*) Restez-là, vous autres ; vous attendrez que je vous appelle.

(*Comme il va pour entrer chez le Duc, celui-ci sort avec un air effaré. Il est en désordre, comme un homme qui n'a eu qu'à peine le tems de se vêtir.*)

SCENE VI.

Les précédens, ALPHONSE.

ALPHONSE, *à Verner.*

Vous n'avez rien vu ?

VERNER.

Moi ! non, seigneur.

ALPHONSE.

Et toi, Marco ?

MARCO.

Non plus.

ALPHONSE, *avec humeur.*

Pourquoi ces flambeaux ?... ces soldats ?... ce tumulte ?....

VERNER.

D'après les ordres que j'ai reçus de vous hier, seigneur...

ALPHONSE, *avec humeur.*

Il suffit, qu'on s'éloigne... (*à part.*) Je n'ai déjà que trop de témoins de ma faiblesse. (*Les soldats sortent. Le jour commence à paraître.* (*à Verner qui s'éloigne.*) Ah ! pardon, Verner. Je suis injuste . . . demeurez. Et toi aussi, Marco. Mon cœur vous est ouvert. Où pourrai-je plus sûrement déposer mes peines que dans le sein de deux serviteurs, de deux amis aussi fidèles, aussi zélés que vous ?

VERNER.

Parlez, seigneur; faut-il pour vous défendre affronter mille dangers, me précipiter au milieu des lances, des épées?... J'y cours. J'y trouverai la mort sans doute, mais quand je

(8)

n'en tuerais que six, j'aurais diminué d'autant le nombre de vos ennemis, et les jours de Verner seraient trop payés.

ALPHONSE, *avec effusion.*

Brave homme ! que de tels cœurs sont rares à la cour !

MARCO, *à part.*

Voilà du renfort. S'il est sincère, nous serons trois maintenant.

ALPHONSE.

Chers amis, vous méritez toute ma confiance, et je vais vous prouver que vous la possédez sans réserve...(*à Verner.*) Vous ignorez le motif des précautions que j'ai prises : je vais vous l'apprendre. Depuis quelque tems je reçois à peu près toutes les nuits, la visite d'une femme.

VERNER.

Je ne vois rien là de si effrayant pour votre Altesse.

ALPHONSE.

Du moins le son de sa voix, qui ne m'est pas tout-à-fait étrangère, me fait croire qu'elle appartient à ce sexe aimable.

VERNER.

Vous ne la connaissez donc pas ?

ALPHONSE.

Je ne sais qui elle est, d'où elle vient, ni même comment elle pénètre chez moi.

VERNER.

Cependant cela ne peut-être surnaturel.

ALPHONSE.

Je n'y conçois rien. Mon appartement n'a d'autre issu que cette porte dont je garde ordinairement la clef. Hier, pour la première fois, je l'ai remise à Marco, afin qu'il pût entrer à mon premier signal.

VERNER.

Et par où donc s'introduit ce personnage mystérieux ?

ALPHONSE.

Je l'ignore.

VERNER.

C'est quelque fourberie. Il fallait, dès la première visite, vous saisir de ce lutin et le forcer à vous mettre dans sa confidence.

ALPHONSE.

Sans doute : mais elle a tellement su frapper mon imagination ; j'ai même éprouvé (je ne m'en défends pas) tant de plaisir à l'entendre, que je n'ai pu lui refuser, dès la première nuit, de m'engager, par serment, à ne pas faire la moindre tentative pour la retenir ou m'approcher d'elle (car elle se tient toujours à une grande distance); à ne point épier sa sortie, et surtout à ne révéler à personne les avis importans qu'elle me confie.

VERNER.

La précaution n'est pas mal-adroite... Quel est le but de ces apparitions ?

ALPHONSE.

Elle me l'a expliqué : elle se nomme mon Ange Tutélaire. Elle vient, dit-elle, veiller sur moi, sur mon pays, parce que nous sommes tout deux menacés d'un grand malheur.

VERNER.

D'un grand malheur !... Morbleu, seigneur, vous avez été bien endurant.

ALPHONSE.

Qu'avais-je à redouter d'une femme ?

VERNER.

Je ne sais... mais pourquoi ces moyens bizarres ? Si ses intentions sont pures, si elle dit vrai, elle ne doit pas craindre de paraître au grand jour.

ALPHONSE.

Peut-être sait-elle que je fus toujours avide de choses extraordinaires. Dès lors, elle aura pensé que pour captiver ma confiance, il était à propos de séduire mon esprit par des illusions, qui, du reste, ne m'ont rien présenté d'alarmant jusqu'ici. D'ailleurs, je dois convenir qu'elle ne m'a pas trompé une seule fois. Tout ce qui m'est arrivé depuis huit jours, elle me l'avait annoncé la veille.

VERNER.

En vérité !

MARCO, *à part.*

Cela n'est pas étonnant !

VERNER.

Oh ! oh ! ceci devient sérieux.

ALPHONSE.

Hier, ses confidences ayant pris un caractère plus inquiétant, je m'étais décidé, malgré ma promesse, à la surprendre cette nuit ; mais comme elle est venue plus tard que de coutume, j'étais profondément endormi, et elle s'est encore échappée, après m'avoir dit quelques mots qui ont jeté le trouble dans mon ame.

VERNER, MARCO.

Que vous a-t-elle donc appris ?

L'Ange Tutélaire.   B

ALPHONSE.

Elle m'a prévenu qu'aujourd'hui même on attenterait à
ma liberté et peut-être à ma vie...

VERNER, MARCO.

O ciel !

ALPHONSE.

Dans la forêt.... pendant la chasse.

VERNER, MARCO.

Et vous irez ?

ALPHONSE.

Pourquoi pas ?

VERNER, MARCO.

Qui vous défendra ?

ALPHONSE.

L'amour de mon peuple ! Ce serait leur faire injure que de
témoigner des craintes pour ma vie, quand je suis au
milieu de mes enfans ; mais ce n'est pas le coup le plus sen-
sible que m'ait porté cette femme étonnante ; tout mon cœur
a frémi, quand elle a désigné comme mon ennemi le plus
acharné...

VERNER, MARCO.

Qui ?...

ALPHONSE.

Amaldi !... mon frère !...

VERNER, MARCO.

Grand Dieu !

VERNER.

Seigneur, ce dernier trait explique tout. Il est évident que
c'est quelqu'ennemi de votre frère, qui veut troubler la
tranquillité de ce pays, en armant l'un contre l'autre, deux
hommes que la nature appelle à s'aimer et à se défendre. Je crois, moi, que le conseiller mystérieux est un
traître, et je regrette fort que vous ne m'ayez point permis
de veiller près de vous pendant une des nuits précédentes...
Souffrez, monsieur le Duc, que Marco et moi, nous nous
établissions ce soir dans l'intérieur de votre appartement ;
fut-ce le Diable lui-même, je vous réponds qu'il ne pourra
nous échapper.

ALPHONSE.

J'y consens.

MARCO, *à part.*

Heureusement, il ne s'en est pas avisé plutôt.

ALPHONSE.

Non, je ne puis croire qu'Amaldi soit coupable à ce
point.

VERNER.

Je parierais ma tête que c'est une imposture. Je n'ai point l'honneur d'être attaché au seigneur Amaldi , par conséquent je le connais peu ; mais son goût pour la dissipation et les plaisirs , son caractère léger , frivole , ne s'allient point avec la réflexion et la profondeur qu'exigent les hardis projets enfantés par l'ambition. Ce n'est pas au milieu des fêtes, ce n'est pas au sein des voluptés que l'on conspire.

MARCO.

Sans vouloir aigrir ici son Altesse contre un frère , à qui elle n'a cessé de prodiguer les marques de l'amitié la plus tendre , qu'il me soit permis de hasarder quelques observations qui contribueront, je l'espère , à l'entretenir dans une juste défiance.

ALPHONSE.

Parle , bon Marco.

MARCO.

Pour quel motif le seigneur Amaldi s'est-il éloigné de la cour ? La véritable cause de son départ fut la jalousie qu'il ne pouvait plus dissimuler.

ALPHONSE.

La jalousie !...

MARCO.

En vain cherchait-il à la déguiser sous les transports de la joie la plus extravagante... Elle perçait dans tous ses traits le jour que vous succédâtes à votre père.

ALPHONSE.

Tu l'as jugé trop sévèrement.

MARCO.

Pendant les quatre années qu'il vient de passer à Messine, quelle a été sa société intime ? la comtesse Salviati , que vous crûtes devoir exiler de ce pays , pour obéir à la voix publique.

ALPHONSE.

Peut-être était-il attiré chez elle par le désir de voir Flora, sa fille.

MARCO.

Fort bien ! Mais depuis près d'un mois qu'il est de retour à Ferrare , quels hommes l'a-t-on vu fréquenter ?... un Piétro , un Vivaldi , un Taddéo , un Salvator et autres , tous plus méprisables et plus corrompus. Qu'est-ce enfin que ce Gianetti, auquel il semble avoir voué une affection particulière ? sinon le vil rebut de la nature, un débauché, un lâche intrigant, dont les lois auraient fait justice depuis long-tems si elles frappaient tous ceux qui le méritent.

A L P H O N S E.

Je conviens que la conduite d'Amaldi peut paraître inconséquente, mais cela tient à son âge, à son caractère, et je me plais à croire que je n'ai jusqu'à présent aucun tort réel à lui reprocher. Cependant je ne négligerai pas entièrement les précautions que semble commander la prudence.

M A R C O.

Oh ! je vous en supplie, mon cher maître ! ne rejetez pas ces avis salutaires. Conservez des jours précieux auxquels est attachée la félicité de tout un peuple.

A L P H O N S E.

Sois sans inquiétude, mon brave et fidèle intendant. C'est à midi que nous partons pour la chasse, et je veux auparavant me rendre au conseil. On devait y discuter demain un projet qui intéresse un grand nombre de malheureux; ils en attendent l'issue avec impatience, et je me reprocherais de prolonger leur peine, quand je puis l'abréger d'un jour. Verner, vous préviendrez mes pages.

VERNER, *qui a été rêveur pendant toute la dernière partie de cette scène.*

Oui, monsieur le Duc. (*Alphonse rentre chez lui.*)

SCENE VII.

VERNER, MARCO.

MARCO, *à part, regardant Verner qui est retombé dans sa rêverie.*

Je vais tout lui dire. Si c'est une imprudence, le motif qui me l'a fait commettre doit la rendre excusable. D'ailleurs, en sa qualité de chef de la garde Allemande, il peut nous être d'une grande utilité. (*haut et d'un ton pénétré.*) Monsieur Verner, vous êtes un honnête homme.

V E R N E R.

Je ne m'en glorifie pas ; c'est une obligation que nous contractons en entrant dans la société.

MARCO.

Vous êtes capable de garder un secret?

VERNER.

Autant vaut me demander si je suis fidèle à l'honneur.

MARCO.

Mais un secret duquel dépend le salut de l'état.

VERNER.

Plus il est important, plus il est sacré.

MARCO.

Il y a de la gloire à acquérir.

VERNER.

Tant mieux! c'est le but de toutes les grandes actions.

MARCO.

Peut-être aussi trouverons nous la mort.

VERNER.

Qui ne risque rien, n'a rien.

MARCO.

Quant à la récompense....

VERNER.

Vous m'avez parlé de gloire, cela suffit.

MARCO, *à part.*

Je n'hésite plus. (*haut.*) Tout ce que le Duc vient de vous raconter est vrai.

VERNER.

Vrai !

MARCO.

Il dort sur le cratère d'un volcan, dont l'éruption terrible va nous engloutir.

VERNER.

Morbleu !

MARCO.

Du calme! Monsieur Verner.

VERNER.

Du calme !

MARCO.

Il en faut, ou nous échouerons.

VERNER.

J'en aurai !

MARCO.

Cet Amaldi, que vous défendiez à l'instant, est un monstre.

VERNER.

La preuve ?

MARCO.

Vous l'aurez avant une heure... Tout est prêt, les postes sont assignés, les récompenses promises. C'est aujourd'hui qu'ils fraperont le grand coup... Aujourd'hui le soleil éclairera la ruine de Ferrare...

VERNER, *avec beaucoup d'énergie.*

La mort des traîtres, Marco. Courons instruire le Duc.

MARCO.

Il ne nous croirait pas... Sa belle ame se refuse à supposer le mal. Il faut, pour le convaincre, des preuves parlantes, des preuves matérielles. La vue seule du danger peut le sauver en lui faisant connaître ses ennemis, et en le forçant à sévir contre eux.

VERNER.

Quelle digue opposer à ce torrent d'iniquités ?

MARCO.

L'adresse et un dévouement absolu. Jusqu'à présent, deux êtres faibles s'étaient chargés seuls du soin glorieux de veiller sur Alphonse ; mais une tète ardente et deux cœurs intrépides sont-ils des armes suffisantes à opposer à des scélérats capable de tout oser ? . . . il nous manquait un bras vigoureux...

VERNER.

Le mien est à vous... Dirigez-le seulement ; il fera des prodiges.

MARCO.

Je ne crains plus rien... Le Duc est sauvé... (*Il se jette dans les bras de Verner, qui le presse affectueusement sur son sein.*)

VERNER.

Bon Marco, je mériterai ton choix !

MARCO, *regardant à droite.*

J'aperçois Amaldi.

VERNER.

Le monstre ! si j'en croyais ma fureur.

MARCO.

Modérez-vous, brave Verner : il n'est pas tems d'éclater. Gianetti l'accompagne.... Dérobons-leur notre intelligence. Allez prévenir les pages que le Duc va se rendre au conseil ; puis vous viendrez me trouver dans la chapelle du bosquet... c'est là que vous apprendrez tout ce que je n'ai pu vous dire encore ; c'est là que vous verrez l'Ange Tutélaire dont vous a parlé Monseigneur.

VERNER.

- Quoi ! ce lutin prétendu...

MARCO.

N'est autre que Flora Salviati.

VERNER.

Quelle énigme !

MARCO.

Elle s'expliquera. Adieu.

VERNER.

Au revoir.   (*Il s'éloigne.*)

SCENE VIII.

AMALDI, GIANETTI, MARCO.

AMALDI, *gaîment.*

Eh bien ! Marco, mon frère est-il prêt ? partons-nous pour la chasse ?

MARCO.

Pas encore, Seigneur. Son altesse doit aller d'abord au conseil.

AMALDI, *bas à Gianetti.*

Tant mieux ! (*haut et reprenant son ton léger.*) Le devoir avant tout... cela est d'un bon prince.

MARCO, *à part.*

Méchant homme ! tu n'agirais pas ainsi...

AMALDI.

Va lui dire cependant qu'Amaldi sollicite la faveur de le voir et de lui présenter son hommage.

MARCO.

J'obéis. (*il entre chez le Duc.*)

SCENE IX.

AMALDI, GIANETTI.

AMALDI, *changeant de ton.*

La faveur !... l'hommage ! Oh ! Gianetti, qu'il m'en coûte de proférer ces mots !

GIANETTI.

Patience, Seigneur. Demain ils s'adresseront à vous, et ils vous sembleront bien doux alors !... Demain vous verrez tout Ferrare à vos pieds.

AMALDI.

Flatteuse espérance !... Puisse-t-elle n'être pas déçue !

GIANETTI.

Notre plan est tellement hardi, il est si bien combiné, que toutes les précautions que l'on pourrait y opposer échoueraient infailliblement. D'ailleurs le Duc est sans défiance.

AMALDI.

O bonheur, dont la seule idée me ravit et m'enchante ! Demain je posséderais Flora ! je la verrais assise à mes côtés sur le trône de Ferrare ! Ah ! c'est trop peu sans doute ! Qu'est-ce qu'une couronne pour celle qui mérite les hommages et l'amour de l'univers entier ?

GIANETTI.

Flora est belle, il est vrai ; mais l'amour, cette passion du vulgaire, mérite-t-il d'occuper la première place dans votre ame ?.... L'ambition, seigneur, l'ambition ! voilà le sentiment qui doit régner exclusivement sur un cœur tel que le vôtre.

AMALDI.

Tu ne connais pas les charmes de l'amour !

GIANETTI.

Quand vous aurez bu à longs traits dans la coupe de la volupté, tous ces prestiges s'évanouiront ; au bout de quelques mois, cette Flora, tant aimée, rentrera pour vous dans la classe des autres femmes.

AMALDI.

Jamais ! Gianetti.

GIANETTI.

Mais le charme du pouvoir, la domination absolue, le plaisir de voir tous vos vœux accomplis, même avant que d'être formés !... Cette supériorité si flatteuse pour l'orgueil, la libre disposition des trésors d'un état... Voilà... voilà des plaisirs véritables qu'aucun dégoût n'accompagne, et qui, loin de produire la satiété, s'augmentent encore par la jouissance, et sont une source intarissable de félicités.

AMALDI.

Qu'y a-t-il dans tout cela pour le cœur ?

GIANETTI.

Le cœur !... expression banale dont on se sert pour justifier les faiblesses ou le manque d'énergie ! l'or et la puissance sont les seuls biens réels.

AMALDI.

Ta morale est tout à fait édifiante !

GIANETTI.

Est-ce à vous de la blâmer, quand vous la mettez en pratique ? Quand vous allez lui devoir le bonheur et vos plus beaux jours ?... Je sais que les esprits faibles nous regardent comme des criminels... peut-être même iront-ils jusqu'à nous nommer scélérats ! Mais je leur pardonne volontiers cette erreur.

A M A L D I , *souriant.*

Il y a dans tes discours une force de raisonnement, une logique supérieure qui m'entraînent et ne laissent matière à aucune observation. D'ailleurs, à la haine violente que je conserve depuis l'enfance pour mon frère, et qui trouve sa source dans la préférence injurieuse que mes parens lui accordèrent en tout tems sur moi, à une soif ardente des honneurs et des richesses , se joint un amour sans bornes pour la belle Flora. Depuis huit ans Alphonse est duc de Ferrare ; il est tems que je règne à mon tour ; enfin la chûte de ce frère détesté est le prix que la mère de Flora met à la main de sa fille. Certes, tous ces motifs sont trop puissans pour que je veuille les combattre... Un coup hardi peut satisfaire à la fois mon ressentiment et mes vœux... Je n'hésiterai pas.

G I A N E T T I .

J'aime à vous voir dans ces nobles dispositions. Voici le Duc , cessons cet entretien.

S C E N E X.

L ES PR É C É D E N S , ALPHONSE, MARCO.

(*Alphonse est en costume de cour.*)

A M A L D I , *allant s'incliner devant Alphonse.*

Seigneur...

A L P H O N S E , *le relevant et lui parlant avec bonté.*

Amaldi, pourquoi ce ton cérémonieux ? d'où naît cette réserve. Je dirais presque cet éloignement que vous marquez pour un frère qui vous aime ? Gai, vif et sémillant avec tout le monde, vous ne m'abordez jamais qu'avec un air froidement respectueux, qui me blesse et m'afflige. Vous me connaissez mal ; si vous pensez que le pouvoir dont je suis dépositaire ait altéré ma tendresse. Ce n'est pas le duc de Ferrare, c'est toujours Alphonse qu'Amaldi trouvera près de moi, quand il voudra se livrer aux sentimens affectueux qui doivent constamment régner entre deux frères.

A M A L D I , *toujours avec le ton de la soumission.*

Mon Prince...

L'Ange tutélaire.   C

ALPHONSE.

Encore une fois, je suis Alphonse, ton ami, ton frère.
(il l'embrasse, Amaldi s'y prête à regret.)

GIANETTI, *bas à Amaldi.*

Dissimulez !

ALPHONSE, *à part.*

Quelle froideur !... Cette femme m'aurait-elle dit la vérité?

AMALDI, *se remettant et affectant un air de légéreté.*

Je venais savoir si nous partirons bientôt pour la chasse...
Marco m'a dit...

ALPHONSE.

Que ma présence est nécessaire au conseil : mais je ne
veux pas que mon devoir soit un obstacle à vos plaisirs. Allez ; nous nous retrouverons dans la vallée des Chênes,
auprès des ruines du vieil aqueduc.

MARCO, *à part.*

Quelle imprudente opiniâtreté !...

AMALDI.

Il suffit, mon frère. *(Huit pages arrivent; ils sont de
taille différente. Quelques-uns paraissent âgés de dix-huit
à vingt ans.*

MARCO.

Seigneur, voici vos pages.

ALPHONSE, *tendant la main à son frère.*

Je vous quitte, Amaldi; nous nous reverrons bientôt.

AMALDI.

Mon cœur s'en réjouit. (*Alphonse s'éloigne précédé de
ses pages, Amaldi et Gianetti le regardent aller.)*

MARCO, *à part.*

La joie brille déjà dans ses regards homicides... Va, traître ! tu ne tiens pas encore ta victime. Allons trouver Verner. Il est tems d'agir. *(il salue Amaldi et entre dans le bosquet du côté où l'on a indiqué la vieille chapelle.)*

SCENE XI.

AMALDI, GIANETTI.

AMALDI.

Cette affectation de bonté me le rend toujours plus odieux.
S'il fallait dissimuler plus long-tems, je n'en aurais pas la
force.

GIANETTI.

Quelques heures encore et vous pourrez librement exhaler

votre haine. Mais n'oubliez pas que jusques-là , et dans ce palais surtout, la prudence doit diriger toutes vos démarches.

AMALDI.

A propos : tu ne m'a pas remis la clef dont je t'ai confié l'empreinte avant hier. N'est-elle point faite encore?

GIANETTI.

Pardon , seigneur. La voilà.

AMALDI.

Donne.

GIANETTI.

Oserais-je vous demander ce que c'est que cette clef?

AMALDI , *le conduit sur le banc qui est à l'entrée du bosquet , et lui fait signe de s'asseoir près de lui.*)

C'est celle d'une armoire qui renferme une émeraude gra-
vée qui sert de cachet à Alphonse , et de laquelle il empreint tous les ordres qui émanent directement de lui.

GIANETTI.

Et quel usage voulez-vous faire de cet anneau?

AMALDI.

Le voici. Quoiqu'il entrât dans notre plan de perdre Al-
phonse, cependant, malgré l'aversion qu'il m'inspire , je ne veux répandre son sang qu'à la dernière extrémité. Mais pour n'avoir point d'ennemis à combattre , j'ai imaginé d'é-
crire au nom du Duc, d'abord à la garde Allemande de res-
ter dans son quartier ; ensuite à ses amis, à ses serviteurs , enfin à tous ceux qui ne se sont pas déclarés pour nous , et qui pourraient traverser nos projets.

GIANETTI.

Bien !

AMALDI.

Cet ordre leur enjoint, pour des raisons d'un intérêt ma-
jeur, de ne point sortir d'ici à demain , et de ne s'immiscer en rien aux affaires publiques , quoiqu'il arrive. Quand ces lettres seront revêtues du cachet d'Alphonse , elles porte-
ront un caractère d'authenticité auquel on ne pourra se re-
fuser.

GIANETTI.

Très-bien !

AMALDI.

Je les envoie par un émissaire au moment où le Duc par-
tira pour la chasse , et viendra se livrer sans défense aux mains de ses ennemis. Par conséquent nous n'avons pas la moindre opposition à redouter.

GIANETTI.

Et quel sort préparez-vous à ce cher Alphonse ?

A M A L D I.

Je le force à signer une proclamation par laquelle il annon-
cera au peuple que de grands intérêts et un événement
inattendu l'obligent à s'absenter de ses états, et qu'il
me confie le gouvernement jusqu'à son retour. Content de
cette acte d'obéissance, je lui laisse la vie et l'envoie sous
bonne escorte dans un vieux château, situé sur les bords
de l'Adriatique, et dont le commandant m'est dévoué.

G I A N E T T I.

Il faut être bien sûr de ceux que vous choisirez pour le
conduire à sa destination ; c'est une commission difficile qui
demande de l'adresse et du courage.

A M A L D I.

Je n'ai jeté les yeux sur personne encore ; n'as-tu pas sur
toi la liste de nos amis ?

G I A N E T T I.

Elle ne me quitte jamais.

A M A L D I.

Voyons ; que je la consulte. (*Gianetti lui donne un papier.*) Toi, d'abord.... puis.... Bianco... Vivaldi... Pietro...

G I A N E T T I.

C'est plus qu'il n'en faut. Nous vous en répondons.

A M A L D I.

Je vous recommande d'avance les égards.... (*Il lui rend la
liste.*)

G I A N E T T I.

Sans doute... Si cependant il tentait de s'évader ?

A M A L D I.

Alors....

G I A N E T T I.

Point de grace ?

A M A L D I.

Je vous laisse les maîtres.

SCENE XII.

L e s   p r é c é d e n s , VERNER, *déguisé en mendiant.
Il doit être défiguré par une barbe et un nez postiches, son
costume est misérable, son aspect hideux.*

VERNER, *séparant les branches qui sont derrière le banc et
plaçant sa tête entre celles d'Amaldi et de Gianetti.*

Bravo, camarades !...

A M A L D I, *se levant avec effroi.*

Qu'est-ce ?

(21)
GIANETTI.

Nous sommes trahis ! (*Il remet la liste dans sa ceinture.*)
VERNER, *sans se déranger.*

C'est dommage !

AMALDI.

Que faisais-tu là ?

VERNER,

J'écoutais.

AMALDI.

Et tu as....

VERNER,

Tout entendu. (*il quitte sa place et vient entre deux.*)
Mon intention n'était pas de me montrer ; mais je n'ai
pu résister au mouvement d'admiration que vous m'avez inspiré , et je me suis trahi.

GIANETTI.

Qui t'a conduit en ces lieux ?

VERNER,

Le désir de voir de près deux grands coquins, et j'avoue
que vous avez surpassé mon attente.

GIANETTI.

Misérable !...

AMALDI.

Et nous sommes sans armes !... Holà... (*Allant vers le
fond.*)

VERNER, *l'interrompant d'une voix menaçante quoiqu'é-
touffée.*)

Paix !...

GIANETTI, *imitant le mouvement d'Amaldi.*

Soldats. . .

VERNER, *se jette au-devant d'eux , tire des pistolets de
son sein et en menace Amaldi et Gianetti qui sont à sa
droite et à sa gauche.*

Paix, vous dis-je ; ou, foi de bandit, je vise au noir en
vous perçant le cœur.

AMALDI.

Je suffoque de rage.

GIANETTI.

Tu ne nous connais donc pas ?...

VERNER, *à Gianetti.*

Toi.... la justice t'attend.

AMALDI.

Quelle audace !...

VERNER, *se tournant vers Amaldi.*

Toi !... tu es parmi les hommes ce qu'est le tigre parmi

les animaux. La nature t'a produit dans un moment de co-
lère, pour être le fléau de l'humanité.

A M A L D I.

Je suis hors de moi ! Gianetti, cours...

V E R N E R.

Gianetti, je te défends de bouger. Croyez-vous d'ailleurs
que le Duc ne me pardonnerait pas lorsque je lui découvri-
rais votre scélératesse ? Je ne voudrais d'autre avocat que
ce papier... (*Il enlève adroitement la liste que porte Gianetti.*) que je prends pour mon instruction.

A M A L D I, *faisant un mouvement pour s'élancer sur lui.*

C'en est trop !... rends-nous ce papier...

V E R N E R, *met la liste dans sa bouche , recule et fait mine de
prendre ses pistolets.*

Encore !... vous voulez donc me forcer à vous tuer ?... Ce
serait dommage ; vous n'êtes pas faits pour mourir obscu-
rément... vous devez finir vos jours d'une manière éclatante
et sur un plus grand théâtre...

A M A L D I, *à part.*

Dissimulons. Nous ne sommes pas en force. (*Haut.*)
Pour la dernière fois, que demandes-tu ? une aumône ; voilà
ma bourse.

V E R N E R.

Garde ton or pour une bonne action , ce sera la première
de ta vie.

A M A L D I.

Que viens-tu faire ici ?

V E R N E R.

J'y viens comme ton ami , pour éclairer ton cœur, ou
comme brigand, pour t'offrir mes services : choisis.

A M A L D I.

Je n'ai besoin ni de tes conseils, ni de ton bras.

V E R N E R.

Tant pis pour toi , car tous deux te seraient fort utiles.
Cela ne m'empêchera pas de te dire ce que je pense. Que
vas-tu faire, Amaldi ?... Tu t'es mis à la tête d'une troupe
de scélérats, pour attenter à la liberté et peut-être à la vie
de notre souverain, de ton frère !... Vous conspirez contre
un prince doué de mille qualités précieuses , car il n'est pas
seulement le premier, mais aussi le meilleur de son peuple...
et s'il est dans l'ordre de la nature qu'un homme commande
à d'autres, je ne connais personne qui en soit plus digne
que lui. Et tu oses désirer d'être élevé à une place pour
laquelle il faudrait réunir toutes les perfections d'un Dieu,
toi, qui as tous les vices d'un homme !... Va, ton fol or-

gueil, ton ambition misérable ne mériteraient que pitié, si tu n'étais encore plus criminel qu'insensé.

A M A L D I.

C'est assez.

V E R N E R.

Tu m'entendras jusqu'au bout. Sais-tu ce que c'est qu'un fratricide ?... c'est un forfait inoui, épouvantable et qui fait frémir la nature... Le monstre qui s'en rend coupable, rejeté par les hommes, repoussé par le ciel, en horreur à lui-même, dévoré par les remords, ne trouve plus ni paix, ni repos... En s'éloignant des lieux témoins de son crime, il espère éprouver quelque soulagement ; mais c'est sa conscience qu'il faudrait fuir, et il ne peut l'éviter. . . Partout, à chaque instant, il entend les cris de sa victime ; son image le poursuit jusques dans le sommeil. Enfin après avoir traîné pendant quelque tems sa douloureuse existence, la mort qu'il appelle sans cesse, vient à son secours, et il expire dans d'horribles angoises. Trop heureux quand il peut se soustraire à l'échafaud qui le reclame... Tel sera ton sort demain, si tu réussis.

A M A L D I.

Je savais tout cela ; mais, en vérité, je ne m'attendais pas à entendre pareille morale sortir de la bouche d'un homme de ton espèce.

V E R N E R.

Nous avons changé de rôle : Tu parles et agis en brigand ; Il est tout simple que je parle et que j'agisse en honnête homme.

A M A L D I.

Laisse-nous.

V E R N E R.

J'y consens.

A M A L D I.

Rends-moi ce papier.

V E R N E R.

Non pas. Tu as refusé mes offres, mais je te servirai malgré toi : adieu. (*Il s'éloigne lentement.*)

A M A L D I.

L'audace de ce coquin est bien extraordinaire. (*bas à Gianetti.*) Ne le perds pas de vue... Tu le feras arrêter dès qu'il sera sorti du palais... Pendant ce tems j'entre chez Alphonse pour y dérober ce cachet si précieux pour mes desseins.

GIANETTI.

Fiez-vous à moi. (*Amaldi entre dans l'appartement d'Alphonse.*)

SCENE XIII.

GIANETTI, VERNER.

GIANETTI.

Qui que tu sois, tu ne m'échapperas point. (*Il va pour sortir du même côté que Verner a disparu.*)

VERNER, *revenant brusquement sur ses pas.*

J'ai deviné ton intention... Où vas-tu ?... Je n'aime pas qu'on me suive... passé devant... Tu ne veux pas ?... Sais-tu nager ?

GIANETTI.

Oui, pourquoi ?

VERNER, *ouvre une des croisées du fond.*

Voilà ton chemin.

GIANETTI.

Par cette fenêtre ?

VERNER.

Oui.

GIANETTI.

Il y a un canal au bas.

VERNER.

Tant mieux ! cela calmera ton sang... Allons, vite !

GIANETTI.

Mais...

VERNER.

Point de réflexions.

GIANETTI.

Conçoit-on que la témérité...

VERNER.

Allons... que de cérémonies ! (*Il prend Gianetti par le bras et le fait sauter par la fenêtre.*)

SCENE XIV.

VERNER, ensuite MARCO, FLORA.

VERNER, *appelle de la main Flora et Marco qui sont en-dehors ; ils paraissent. Flora est vêtue en Bohémienne.*

Amaldi est entré chez le Duc pour lui dérober son anneau.

MARCO.

Je frémis de l'usage qu'il peut en faire. (*Il va écouter près de la porte.*)

FLORA.

Il ne le tient pas encore !

MARCO.

Ecoutons. (*Pendant le moment de silence qui suit, Verner montre à Flora la liste qu'il a dérobée à Gianetti. Flora tire de son sein un papier qu'elle ploie de même.*) Il referme l'armoire. O ciel, ne permets pas qu'il consomme ses affreux projets !...

FLORA.

Eloignons-nous pour lui laisser le tems de sortir.

(*Tous trois s'éloignent et s'enfoncent dans le bosquet.*)

SCENE XV.

AMALDI, ensuite FLORA.

AMALDI, *sortant.*

Personne ne m'a vu !..., Le ciel me sert à souhait... Je tiens la bague ! (*il la met à sa main gauche.*) Hâtons-nous de la mettre en usage. (*il s'éloigne précipitamment ; mais il est arrêté par Flora qui vient à sa rencontre ; elle a la tête couverte d'un voile.*)

FLORA, *déguisant sa voix et baragouinant l'allemand.*

Bermettez , seignair...

AMALDI.

Pardonnez , belle dame ; mais je n'ai pas le tems.

FLORA, *le retenant.*

Ne bouvoir vous mé abbrendre où ché trouferai la seignair Amalti ?...

AMALDI.

Ici. C'est lui que vous voyez... Que désirez-vous ?

FLORA.

Rendre vous ein serfice signalé. Ché avé la poufoir té téfoiler lé afenir et te lire tans le main tes hommes , comme tans la lifre tes testins.

AMALDI.

J'entends ; tu es Bohêmienne...

FLORA.

Ia , frelich !

AMALDI.

Et ce pouvoir tu voudrais l'exercer avec moi , n'est-il pas vrai?... Dans un autre moment.

L'Ange Tutélaire.   D

FLORA, *l'arrêtant.*

Di tout , di tout... Ti l'être pien bressé.

AMALDI.

Parle vîte , car j'ai hâte...

FLORA.

M'y foilà. Ti fiens d'être insilté par ein mentiant ?

AMALDI.

Oui , une espèce de bandit.

FLORA.

Luï t'y a téropé ein babier d'imbortance.

AMALDI.

Il est vrai... qui t'a dit ?...

FLORA.

C'était li-même. Cé prigand brétendu il être ein tes nôtres. Ché l'afé rencontré en endrant tans cette balais. Li aller borter cette babier au tic , tans l'espoir t'en tirer ein grand régombense... Mais pas di tout ; moi , ché avé bien flte embéché l'i... il être amoureuse de moi peaucoup , et ché avé brofité té ma ascentant pour enlefer à lui cette babier , qui pouvé defenir peaucoup fatale.

AMALDI.

Dis-moi donc à qui je dois ce bienfait.

FLORA.

Yésus ! d'apord à ton bon étoile, puis à Maria Bonaventura.

AMALDI.

Maria Bonaventura !

FLORA.

Ia frelich.

AMALDI.

Oh ! ce nom est à jamais gravé dans mon cœur par la reconnaissance. Ne me permettras-tu pas au moins d'admirer les traits qui récèlent une ame aussi généreuse ?

FLORA.

Di tout , di tout. Ché vouloir qué töi m'aimér pour mes actions , afant té connaître mon fiquire.

AMALDI.

Sans doute , je t'aimerai... Hâte-toi donc de remettre en mes mains...

FLORA , *lui montrant de loin un papier qu'elle tient de la main gauche.*)

Lé foilà !... Mais quelle sera le régombense te le bauvre Bêmienne ?

AMALDI.

Demande-moi tout ce que tu voudras. De l'or...

FLORA.

Mein Gott ! Ce n'est boint afec té l'or qué l'on bayé eine bareille serfice.

AMALDI.

Que veux-tu ? Demande tout ce qui est en mon pouvoir.

FLORA.

Toi réfiser moi, bi-t'ètre?

AMALDI.

Non.

FLORA.

Hé pien, buisque ti bromettre té aimer moi bien, ché foudrais récéfoir te toi ein betite soufenir, bour rabeler à moi l'enqagement flatter qué ti condracter auchourthui. La sympole d'ein amidié sans pornes, li ètre ein betit anneau. Aussi la moins bréciése dé ceux qué t'y borté serait bour moi d'ein brix inestimable.

AMALDI.

Je te donnerais bien volontiers ce que tu me demandes, mais, de ma vie, je n'ai porté de bagues.

FLORA, *avec tristesse et en désignant la main d'Amaldi.*

Celbentant chen fois eine.

AMALDI.

Celle-ci ne m'appartient pas... D'ailleurs, elle a une destination particulière... Mais, pour te prouver que je suis sincère dans mes promesses, présente-toi demain à mon palais et l'on t'y donnera de ma part un riche anneau de diamans.

FLORA, *avec grace.*

Ah ! toi ne lavre pas borté... et c'est là sirtout...

AMALDI.

Aimable candeur !... je le porterai jusqu'au moment où tu viendras le chercher.

FLORA.

Ah ! ché suis pien hérése... Mein Gott !... Sois pien sire qué ché né manguerai bas ; merci, peaucoup ! mais afant dé quitter toi, ché foudrais té tonner ein betite chantillon te ma savoir faire... montrer à moi ton main... qauche... Ti méditer eine entrebrise pien tanchérése...

AMALDI.

Il est vrai.

FLORA.

Qué ti l'être toute brète à éxéquiter.

AMALDI.

Hé bien ?...

FLORA.

Il roussira.

AMALDI, *avec joie.*

Elle réussira !...

FLORA.

Ya, mein herr ; tut il annonce que ta sort il fa chancher, afant pé... démain, pi-t'être, ti recefras le chiste régombense de tas longues trafaux.

AMALDI, *avec transport.*

Suis-je assez heureux !

FLORA, *profite du moment où Amaldi fait cette exclamation pour tirer adroitement la bague de son doigt.*

Je la tiens !...

AMALDI, *se retournant vivement et courant après Flora qui fuit.*

Ma bague !...

FLORA, *lui jette un papier.*

Voilà ce que je t'ai promis.

AMALDI, *ramasse le papier, l'ouvre et le regarde.*

Soldats !... pages !... Marco !... Ruse infernale !... ce n'est point là ma liste... Je suis joué... trahi !... Vîte.. vîte... parcourez les bosquets ! cherchez partout... arrêtez une femme vêtue en Bohêmienne. (*Il a le dos tourné au fond et se tient à l'entrée du bosquet.*)

(*Flora qui était sortie par la troisième coulisse à droite, rentre par le fond, ôte rapidemeut sa robe, sa coëffe et son voile, fait de tout un paquet qu'elle jette par la croisée que Verner a laissée ouverte, et paraît en habit de page.*)

SCENE XVI.

LES PRÉCÉDENS, VERNER, *sous son premier costume*, MARCO, Soldats, Pages.

VERNER.

Qu'est-il arrivé ?...

AMALDI.

Courez sans perdre un moment. Elle ne peut-être loin. Une femme vient d'entrer chez mon frère et y a dérobé sa bague d'émeraude.

FLORA, *s'est mêlée aux autres pages ; elle vient sur le devant de la scène et dit à Marco et à Verner, en leur montrant la bague.*

La voilà !

TOUS.

Courons !... courons !... (*Tout le monde sort en courant ve s le bosquet. La toile tombe.*)

Fin du premier Acte.

ACTE II.

Le théâtre représente la Vallée des Chênes. Sur le devant, à gauche, un petit tertre ombragé par une touffe d'arbustes. A travers les arbres qui garnissent le milieu du théâtre, on distingue dans le fond les restes d'un aqueduc, dont on voit à droite, au second plan, un regard à demi ruiné. C'est une construction en maçonnerie de quatre pieds carrés et couverte de mousse. Dans la partie qui est en face du spectateur, est une ouverture demi-circulaire, fermée par une grille.

SCENE PREMIERE.

FLORA.

(Elle est déguisée en vieillard, avec une barbe, une perruque, etc. Elle arrive rapidement par le fond à gauche, en se glissant derrière des arbres, pour n'être point vue des chasseurs. Tout en approchant de l'avant-scène elle se déshabille et paraît vêtue en pâtre.)

JE respire à peine!...Pourvu qu'il ne m'ait pas reconnue!... Cachée sous l'habit d'un vieillard, je m'étais approchée furtivement d'un groupe de chasseurs, au milieu desquels se trouvait Amaldi, afin de connaître le lieu du rendez-vous, lorsque ses regards sont tombés sur moi... Un froid mortel s'est répandu dans mes veines... Amaldi, qui parlait avec véhémence, s'est arrêté tout d'un coup, puis après m'avoir fixée pendant quelques instans avec inquiétude, il s'est avancé vers moi... La crainte d'être surprise m'a redonné des forces, je me suis élancée dans la forêt, et en me glissant rapidement d'arbre en arbre, je me suis bientôt dérobée à sa vue.... Mais je tremble!...

SCENE II.

FLORA, AMALDI, Chasseurs *dans le fond.*

AMALDI, *en-dehors.*

Cherchez... et qu'on arrête ce vieillard.

FLORA.

Il vient!... où me cacher?... (*elle se couche devant le ter- tre qui est à gauche.*) Mon Dieu! lorsqu'un jour au plus suffit pour terminer le grand ouvrage auquel je travaille de- puis deux ans, permettras-tu que j'échoue dans cette noble entreprise?

(*Des Chasseurs traversent la forêt de gauche à droite en re- gardant de tous côtés; on les perd de vue. Flora est cachée par les arbustes qui ombragent le tertre. Les chasseurs passent tout près d'elle.*)

AMALDI, *dans le fond, à un chasseur.*

Où donc est Gianetti?

LE CHASSEUR.

De ce côté, seigneur. (*il montre la droite.*)

AMALDI.

Je vais le rejoindre. Rassemble nos amis, et que tous se dirigent vers la Fontaine du Sanglier... C'est-là qu'ils me trouveront... (*Le chasseur s'éloigne vers la gauche et Amaldi vers la droite.*)

SCENE III.

FLORA.

La Fontaine du Sanglier!... C'est ainsi que l'on appelle un des regards de l'aqueduc... il doit se trouver près d'ici. (*Elle se lève avec précaution et porte sa vue sur les objets qui l'environnent.*) Je me rappelle que dans mon enfance, je m'y cachai un jour. (*Elle aperçoit le regard à travers les arbres.*) Le voilà!... S'il pouvait m'offrir un asile en ce pres- sant danger! (*Ne voyant personne dans la forêt, elle court auprès du regard.*) La grille se lève!... il est à sec... Je n'ai ni le tems de la réflexion, ni le choix des moyens... (*Elle entre dans le regard, après y avoir jeté son habit de vieillard et baisse la grille.*)

SCENE IV.

FLORA, *cachée*, AMALDI, GIANETTI.

G I A N E T T I.

Quoi ! seigneur, vous penseriez que ce vieillard...

A M A L D I.

Sa coiffure et sa barbe ne m'ont point permis d'examiner
ses traits ; mais il s'est troublé quand ma vue s'est arrêtée
sur lui... J'ai voulu m'approcher, et il a pris la fuite avec
une vivacité qui me prouve qu'il est tout autre que ce qu'il
paraissait.

G I A N E T T I.

Il se pourrait que ce fût un espion envoyé pour surprendre
nos secrets. Tenez, seigneur, tout ce qui nous est arrivé
aujourd'hui ne me présage rien de bon.... Ce mendiant....
cette bohémienne...

A M A L D I.

Je conviens qu'il y a dans tous ces événemens une bizar-
rerie...

G I A N E T T I.

Qui m'inquiète. Pardon, seigneur ; la question que je
vais vous adresser vous semblera peut-être étrange, mais
mon zèle devra lui servir d'excuse.

A M A L D I.

Parle.

G I A N E T T I.

Êtes-vous bien sûr de Flora ?

A M A L D I.

Pourquoi ?

G I A N E T T I.

C'est à regret que j'ose diriger mes soupçons sur celle que
vous aimez ; mais, d'après tout ce qu'on raconte de son caractère original, d'après ce que vous m'avez dit vous-même
de la tournure romanesque de son esprit... il se pourrait que,
maîtresse de tous vos secrets, elle en eût abusé.

A M A L D I.

Quel intérêt pourrait la porter à me trahir ?

G I A N E T T I.

L'ambition se glisse par fois aussi dans le cœur des femmes.

A M A L D I.

Que lui restera-t-il à désirer si je réussis, puisqu'alors
elle deviendra mon épouse.

G I A N E T T I.

Est-il certain qu'elle le désire ?

A M A L D I.

Tout me l'assure. La démarche qu'elle a faite en m'accompagnant à Ferrare n'est-elle pas la plus forte preuve d'amour qu'une femme puisse donner ? C'est elle qui a pressé sa mère d'y consentir...

G I A N E T T I.

Je n'en voudrais pas conclure.

A M A L D I.

C'est assez... Je te défends de m'entretenir désormais de tes doutes injurieux.

G I A N E T T I, *à part.*

L'événement prouvera jusqu'à quel point ils étaient fondés.

SCENE V.

LES PRÉCÉDENS, Conjurés, *en chasseurs*, puis ANDRÉA, SALVATOR et D ABOLO.

A M A L D I.

Approchez, fidèles amis... venez entendre les expressions de ma reconnaissance.

G I A N E T T I.

Ils n'ont rien fait encore pour la mériter.

A M A L D I.

N'importe ; je dois croire que leur zèle ne se serait pas démenti, si j'avais été forcé de le mettre à l'épreuve ; et je leur sais gré de l'empressement qu'ils m'ont témoigné... Êtes-vous tous rassemblés ?

G I A N E T T I,

Pas tout-à-fait... Il nous manque les auxiliaires.

A M A L D I.

Que veux-tu dire ?

G I A N E T T I.

Nous sommes convenus de nommer ainsi ceux qui doivent porter les grands coups.

A M A L D I.

J'entends. Eh bien ! où sont-ils ?

G I A N E T T I.

Tout près d'ici.

A M A L D I.

Fais les venir.

ANDRÉA, SALVATOR, DIABOLO,
(paraissent, ils ont des figures horribles.)

Nous voilà.

A M A L D I.

Quels épouvantables coquins!...

ANDRÉA, SALVATOR, DIABOLO.

Grand merci!

A M A L D I, *à Gianetti.*

Où donc as-tu rencontré ces figures patibulaires ?

A N D R É A.

Parmi tes amis.

A M A L D I, *presque offensé.*

Hein? cette réponse...

S A L V A T O R.

Est exacte... Comment, tu ne nous reconnais pas ?

A M A L D I.

Je ne crois pas vous avoir jamais vus.

S A L V A T O R.

Tu plaisantes!...

A N D R É A.

Eh! quoi... tu méconnais ton fidèle Andréa ?

A M A L D I.

Andréa!... se peut-il ?

S A L V A T O R.

Ingrat!... ton cœur ne t'avertit pas que tu presses la main de Salvator, l'inséparable compagnon de tes plaisirs ?

A M A L D I.

Salvator!... en effet. Mais comment deviner, à travers ces formes hideuses et sous cet aspect effrayant, deux des plus fieffés libertins de Ferrare?... Je le donnerais au plus habile physionomiste... Et toi, (*à Diabolo.*) te comptai-je également parmi les aimables débauchés qui m'entourent?

D I A B O L O.

Je n'ai pas cet honneur.

G I A N E T T I.

Non. Celui-là est tout-à-fait auxiliaire.

A M A L D I.

Qui es-tu ?

D I A B O L O.

Tout ce qu'on veut pour de l'argent. Je connais toutes les ruses, toutes les ressources de mon état. Je suis prêt à tout faire, à tout entreprendre pour ton service... pourvu cependant que ce ne soit pas une bonne action... j'y suis gauche à faire pitié.

G I A N E T T I.

Sois tranquille. Ce n'est pas pour cela qu'on t'a mandé !

D I A B O L O.

Je m'en doute bien.

L'Ange tutélaire.   E

AMALDI.

Comment t'appelles-tu ?

DIABOLO.

Diabolo.

AMALDI.

Ce nom promet !

DIABOLO.

Je tiens parole.

AMALDI.

N'es-tu pas Sicilien ?

DIABOLO.

Justement ! Tu as pu entendre parler de moi à Messine ; j'y ai fait des coups superbes.

AMALDI.

C'est cela !... Tu jouis d'une réputation brillante.

DIABOLO.

Je la mérite, et je fais de mon mieux pour la soutenir.

AMALDI.

Combien t'a promis Gianetti ?

DIABOLO.

Je ne fais jamais mon prix d'avance .. On me paye selon l'importance du sujet et la manière dont je m'acquitte de la commission.

GIANETTI.

Nous n'aurons point de contestations.

AMALDI.

Venons au fait... Mes dignes amis, je craignais que l'on ne nous opposât de la résistance, et j'avais pensé qu'il était prudent de vous réunir tous pour me seconder ; mais, grace à la protection visible que le ciel nous accorde, votre secours m'est inutile, les auxiliaires seuls seront chargés d'agir.

DIABOLO.

Cela s'entend !

AMALDI.

Je vais vous communiquer le billet qu'Alphonse m'a écrit ce matin. (*il lit.*) « Amaldi, on cherche à vous perdre dans mon esprit. La calomnie veut nous désunir ; on m'assure que vous avez formé le dessein criminel d'attenter à ma vie aujourd'hui même, pendant la chasse. Persuadé, comme je le suis, qu'un tel forfait ne peut entrer dans l'ame d'un frère, je crois ne pouvoir mieux vous venger de vos ennemis qu'en me remettant tout-à-fait entre vos mains... Je vous préviens donc que je me rendrai dans la forêt, sans suite et sans armes... »

DIABOLO.

J'aime mieux cela.

AMALDI, *continuant.*

» Je m'y croirai autant en sûreté, auprès de vous, que dans mon palais, au milieu de mes gardes. Au revoir. »

DIABOLO.

Voilà ce que les imbécilles appellent de la grandeur d'ame.

AMALDI.

Je n'en suis point la dupe. Cette confiance affectée, cette sécurité sans bornes, trouvent leur source dans un orgueil démesuré. Elle sont encore un nouvel outrage ; mais celui-là sera le dernier. Quoiqu'il en soit, je me réjouis de voir les événemens s'enchaîner de manière à combler tous mes vœux, sans exposer vos jours, ni même votre réputation. Gianetti, explique-leur notre nouveau plan... Je te laisse avec eux, et retourne à Ferrare pour disposer tout, comme nous en sommes convenus. Au revoir, chers amis, je vous attends avec impatience. (*Les conjurés paraissent mécontens. Ils le regardent aller et murmurent tout bas.*)

SCENE VI.

LES PRÉCÉDENS, excepté AMALDI.

ANDRÉA.

Il me semble extraordinaire qu'Amaldi se sépare de nous au moment décisif. Nous ne sommes plus, sans doute, ces nobles conspirateurs dont il était beau de partager les périls... il ne daigne plus s'associer à notre gloire, et ne voit plus en nous que de vils meurtriers, dont il croira trop payer les services en leur jetant une poignée d'or ?

GIANETTI.

Tu te trompes, Andréa. Les circonstances ont changé, et avec elles les desseins d'Amaldi ; mais son cœur est toujours le même. De nouvelles réflexions, produites par des événemens inattendus, une entrevue avec Alphonse, la facilité avec laquelle celui-ci s'offre à nos coups, votre intérêt, le sien, tout enfin a déterminé Amaldi à un sacrifice entier et nécessaire. C'est à trois d'entre nous seulement qu'il confie l'exécution d'un projet pour lequel un seul homme déterminé suffirait.

DIABOLO.

Certainement ! je réponds qu'à moi seul...

GIANETTI.

Un reste de sensibilité, bien naturelle, ne lui a pas permis d'entrer avec vous dans ces détails ; mais il m'a chargé de vous les transmettre, et il espère que vous n'en tirerez aucune conséquence désavantageuse, ni pour son cœur, ni pour vos intérêts.

A N D R É A.

C'est fort bien. Explique-nous donc le motif qui l'a fait nous quitter.

G I A N E T T I.

D'ici à une heure à peu près, le Duc doit se rendre dans cette forêt... pour n'en jamais sortir. Revenu à Ferrare, par un autre chemin, Amaldi va se montrer dans la ville ; une indisposition, sa légèreté connue, le moindre prétexte enfin suffira pour motiver cette fantaisie.... D'ailleurs, il donne une fête ce soir dans son palais ; on ne sera point surpris qu'il ait renoncé à la chasse afin de veiller aux préparatifs et d'inviter ses amis. Il compte se rendre lui-même chez Alphonse pour l'engager à honorer de sa présence cette réunion brillante, de laquelle nous serons tous. Cependant la nouvelle dn fatal événement se répand dans la ville, la fête est interrompue ; on vient annoncer à Amaldi que son frère, qui était allé se promener seul dans la forêt, a péri sous les coups de quelques brigands... On le plaint, on le regrette ; mais personne n'est surpris de ce malheur, dont l'imprudence d'Alphonse paraît être seule la cause... L'État a besoin d'un chef, et dans la nuit même, sans secousses, sans orage, nous proclamons Amaldi duc de Ferrare, et chacun de nous reçoit du nouveau souverain le prix de son dévouement et de son zèle.

A N D R É A.

Il faut en convenir, mes amis, ce plan est tracé de main de maître.

G I A N E T T I, *avec une fausse modestie.*

Il est mon ouvrage. Sans moi jamais Amaldi n'eut été capable d'une résolution aussi courageuse. A son exemple, nous allons retourner à Ferrare, séparément et par des routes opposées. Nous nous répandrons aussitôt dans la ville, afin d'écarter les soupçons qui pourraient naître dans l'esprit des nombreux partisans d'Alphonse. Nous aurons soin de publier que le Duc ne pouvant être de la chasse, à cause de la séance du conseil, ce qui est bien connu, elle a été remise à un autre jour. Cette circonstance doit ajouter, à la nouvelle de la mort d'Alphonse, un dégré de vraisemblance, un caractère de vérité, auxquels les plus soupçonneux mêmes seront forcés de se rendre. Partons. Andréa, Salvator et toi, Diabolo, nous vous laissons... vous savez ce que vous avez à faire... c'est de ce côté qu'il arrivera... vous le reconnaîtrez à son manteau bleu... placez-vous de manière qu'il ne puisse vous échapper... Un ici... le second dans les ruines de l'Aqueduc... et le troisième dans le chemin creux... Outre les récompenses honorifiques qu'Amaldi se propose de distribuer entre tous ceux qui l'auront servi, celui de vous trois qui lui présentera le manteau d'Alphonse, recevra une prime de cinq cents ducats.

DIABOLO.

C'est comme si je la tenais !

GIANETTI.

Adieu. (*aux autres.*) Rendons-nous vîte à Ferrare et par les sentiers détournés, afin de ne pas rencontrer Alphonse. (*il sort par la droite avec tous les conjurés.*)

SCENE VII.

FLORA., *cachée*, ANDRÉA, SALVATOR, DIABOLO.

ANDRÉA.

Or, ça, distribuons les postes.

DIABOLO.

Tenez, sans façon, moi, je reste où je suis. Je ne sais quelle inspiration secrète me dit que c'est le bon endroit. Vous autres grands seigneurs, la gloire vous suffit ; mais, moi, pauvre diable ! j'ai besoin de la prime. Oui, j'avoue que les cinq cents ducats me tentent furieusement. D'ailleurs, vos mains délicates et peu exercées, pourraient ne porter que des coups mal assurés, au lieu que moi... (*il fait le geste.*) C'est immanquable !

ANDRÉA.

Soit ! tu peux rester ici... Toi, Salvator, tu te cacheras dans les ruines... et moi dans le chemin creux.....Bonne chance !

DIABOLO.

Merci.

ANDRÉA, *revenant.*

Comme il serait possible que nous eussions mutuellement besoin de secours, prenons pour signe de ralliement Flora.

DIABOLO.

Vous serait-il égal d'en choisir un autre ?

ANDRÉA.

Pourquoi ?

DIABOLO.

Je n'aime pas ce nom-là.

ANDRÉA.

C'est cependant celui d'une charmante femme !

DIABOLO.

Flora, une femme !... dites donc un diable !... une jeune
personne de vingt ans, qui s'habille en homme, monte à
cheval, tire des armes à feu et manie une épée aussi adroitement que le plus habile spadassin des états de Rome ; et
vous appelez cela une femme !... malheur à celui qu'elle choi-
sira pour son époux !

ANDRÉA.

Nous ne pensons pas de même, et je voudrais de tout mon
cœur être à la place de l'heureux Amaldi.

DIABOLO.

Quoi! le seigneur Amaldi veut l'épouser ?... je le plains!...

ANDREA.

D'où la connais-tu ?

DIABOLO.

Je la connais pour l'avoir vue une seule fois ; mais il m'en
souviendra toute ma vie !... voyez-vous cette cicatrice à mon
col ?

ANDRÉA.

Oui.

DIABOLO.

Eh bien ! c'est un cadeau de Flora... de cette charmante
femme !

ANDREA.

Tu veux railler !

DIABOLO.

Non, vraiment, elle m'a déshonoré.

SALVATOR.

Déshonoré !

ANDRÉA.

Cela n'est pas possible !

DIABOLO.

C'est elle qui m'a forcé de quitter Messine, où, depuis plus
de quarante ans, de père en fils, nous exercions notre pro-
fession avec un talent distingué et un succès prodigieux.
Voici le fait. J'avais été chargé par un riche seigneur d'en-
lever une demoiselle très-jolie, qui refusait de céder à ses
désirs. Sachant qu'elle était à la campagne, je m'introduis
le soir dans le jardin de ma Lucrèce ; je l'apperçois qui se
promenait avec une jeune personne, que j'étais loin de soup-
çonner devoir être un obstacle à mes desseins. Au détour d'une
allée, je me présente brusquement et je veux forcer la belle
à me suivre jusqu'à la voiture qui m'attendait à vingt pas...
Jugez de ma surprise, lorsque je me sens arrêté !... Flora, (car
c'était elle) par un mouvement plus rapide que la pensée ,

(39)

s'était élancée vers moi et m'avait désarmé. D'une main elle
tenait mon poignard et de l'autre mon épée, qu'elle m'avait
passée au travers du col... « Misérable, me dit-elle, ap-
» prends que l'on n'outrage jamais impunément une femme
» en présence de Flora Salviati. Je pourais te tuer, tu n'en
» vaux pas la peine... te faire pendre, d'autres s'en charge-
» ront... je me contente de te laisser un souvenir de ma fa-
» çon : mais je t'ordonne de quitter la Sicile sous vingt-
» quatre heures ; si j'apprends que tu y sois resté, quelque
» part que tu te caches, je punirai ta désobéissance. Va, et
» deviens honnête homme si la chose est possible. » Alors
elle retire l'épée, la brise en plusieurs morceaux qu'elle me
jette à la figure, et s'éloigne tranquillement avec son amie,
en me laissant bien honteux, comme vous pouvez le croire.

A N D R É A.

L'aventure est tout-à-fait piquante.

D I A B O L O.

Oui, très-piquante, assurément !

A N D R É A.

Il me paraît que tu n'as pas trop bien profité de ses avis;
elle t'avait conseillé de devenir honnête homme.

D I A B O L O.

J'ai fait tout ce que j'ai pu, mais inutilement. Les circonstances, un penchant naturel...

A N D R É A.

Je conçois volontiers, d'après cela, que son nom ne te soit
pas très-agréable à entendre.

D I A B O L O.

Jugez par la frayeur qu'il m'inspire, de celle que j'éprou-
verais, si jamais le hasard me la faisait rencontrer. Quelque
brave que l'on soit, on ne se fait point à de semblables ma-
nières, surtout de la part d'une femme.

A N D R É A.

Eh bien ! donc, au lieu de Flora, ce sera Diabolo.

D I A B O L O.

Diabolo !... soit !... c'est convenu.

A N D R É A.

Séparons-nous. Le tems s'écoule et le Duc ne doit pas tar-
der.

D I A B O L O.

Allez, je suis ferme comme un roc... Adieu... à vous la
gloire, à moi l'argent. (*Andréa et Salvator s'éloignent.*)

SCENE VIII.

FLORA, *cachée*, DIABOLO.

DIABOLO.

Me voilà seul... c'est de ce côté qu'il doit venir. (*il montre la gauche.*) Plaçons-nous en face, pour n'être pas pris au dépourvu... Les buissons qui ombragent cette ruine sont propres à me cacher... oui... (*il s'assied le dos tourné au regard.*) Je suis très-bien ainsi, et je jure...

FLORA, *toujours cachée, avec une voix sépulchrale.*
Ne jure pas !

DIABOLO.

Hein ?... Qu'est-ce ? on a parlé (*il écoute.*) Oh ! c'est une plaisanterie... Je te connais.

FLORA.

Je te connais !

DIABOLO, *se lève.*

C'est un de mes acolytes qui veut éprouver ma bravoure... On ne m'intimide pas ainsi... Je ne suis pas un lâche.

FLORA.

Lâche !

DIABOLO, *qui a entendu la voix partir du devant de la ruine.*
Oh ! que je suis simple... c'est l'écho, produit par cette cavité... Eh bien ! je veux être un brigand...

FLORA.

Brigand !

DIABOLO.

Si tout autre que moi... Mais, par réflexion, la nymphe de cette fontaine, n'est pas du tout polie... On dirait qu'elle met de la malice dans le choix des mots qu'elle répète. (*Il fait le tour. Flora ouvre la grille et sort du regard, pendant que Diabolo est derrière. Quand il est arrivé près de l'ouverture, il se baisse pour voir dans l'intérieur. Flora profite de ce moment, d'une main elle le saisit au collet, et de l'autre elle lui prend son épée, dont elle le menace.*)

DIABOLO.

Haï !... haï !...

FLORA.

Paix !... me reconnais-tu ?

D I A B O L O, *la fixant, s'écrie, avec surprise.*
Flora !

FLORA.

Paix ! te dis-je... ou j'appelle quelqu'un qui saura te forcer au silence.

DIABOLO.

Ah ! vous avez là quelqu'un....

FLORA.

Oui : à deux pas.

DIABOLO.

A deux pas... c'est bien près... (*à part.*) Oh ! que je suis fâché d'avoir changé le signe de ralliement... on viendrait à mon secours.

FLORA.

Te souviens-tu de ce que je t'ai promis si jamais tu retombais sous ma main ?

DIABOLO.

Oui. Mais je ne suis pas pressé de voir acquitter cette dette... Dailleurs , j'ai fidèlement rempli mes engagemens ; je suis sorti de la Sicile au jour dit... (*à part.*) Cette femme m'inspire une terreur que je ne puis vaincre.

FLORA.

Tu murmures, je crois ?

DIABOLO.

Du tout. Je me félicite au contraire de cette rencontre aussi heureuse qu'inattendue... Mais par quel hasard ?...

FLORA,

Ce n'est point par hasard ; tout ce que je fais est médité , prévu , calculé.

DIABOLO.

Je vous en félicite. (*à part.*) Si j'avais pu prévoir que je te rencontrerais...

FLORA.

Je sais que tu es ici pour assassiner le duc de Ferrare.

DIABOLO.

Puisque vous le savez , il n'y a pas moyen...

FLORA.

Eh bien ! c'est une chose faite.

DIABOLO.

Faite ?

FLORA.

Oui.

DIABOLO.

Par qui ?

FLORA.

Par moi.

L'Ange tutélaire.   F

DIABOLO.

Par vous !

FLORA.

Ou par mes ordres... cela t'étonne ?

DIABOLO.

Rien ne m'étonne de votre part.... seulement je regrette que vous ne m'ayez pas donné la préférence.

FLORA.

Tu n'as pas assez de caractère... Il me fallait un homme sûr, dévoué... un homme que rien ne pût corrompre.

DIABOLO.

Et vous l'avez trouvé !... Je vous en fais mon compliment. Mais oserais-je vous demander quelle raison a pu vous inspirer contre Alphonse une haine assez forte pour attenter à ses jours ?

FLORA.

Te dois-je compte de mes pensées ?

DIABOLO.

Ah ! bon... je devine... On dit que vous aimez Amaldi.... et l'ambition...c'est tout naturel... En attendant voilà une affaire qui me coûte cinq cents ducats, et vous conviendrez que c'est jouer de malheur... Car jamais je ne fus mieux disposé...

FLORA.

Tu me fais plaisir... Oui, je suis contente du zèle que tu montres pour mes intérêts.

DIABOLO.

Je vous demande pardon, c'était d'abord pour les miens.

FLORA.

Dans le fait, il n'est pas juste que tu perdes cette bonne aubaine, je veux que tu reçoives les cinq cents ducats.

DIABOLO.

Sans rien faire?... J'ai trop de conscience...

FLORA.

Laisse-là ta conscience et attends moi... Tu vas voir de quoi je suis capable. (*Elle va au bord de la coulisse à gauche et fait des signes en dehors.*)

SCENE IX.

DIABOLO, FLORA, VERNER, *habillé en brigand, comme au premier acte. Il tient un manteau bleu sur le bras.*

FLORA.

Approche, Barbaro.

DIABOLO.

Barbaro !... où diable a-t-elle été chercher ce monstre ?..
il est encore plus laid que moi.

FLORA.

Diabolo, je te présente un confrère.

DIABOLO.

Enchanté de faire sa connaissance.

FLORA.

Vous êtes dignes l'un de l'autre.

DIABOLO.

Cela fait son éloge !

VERNER, *tendant la main à Diabolo.*

Bonjour, camarade !

DIABOLO, *avec timidité.*

Bonjour, camarade. (*A part.*) Le diable m'emporte si je
voudrais le rencontrer seul dans un bois. (*Haut à Flora.*)
C'est donc lui qui...

FLORA.

Oui ; voilà le manteau bleu que portait le Duc et auquel
est attachée la récompense brillante que tu désires si vivement... Je n'en ai pas besoin... Je suis satisfaite. Barbaro
a reçu le prix dont nous étions convenus... Prends ce manteau, et cours le porter à Amaldi... Tu lui diras que c'est
toi...

DIABOLO.

Est-il posible que vous soyez assez bonne...

FLORA.

Tu orneras ton récit de toutes les circonstances que tu
croiras propres à le rendre plus piquant... Je garde tes armes, tu seras censé les avoir jetées à dessein dans la forêt.

DIABOLO, *hésitant.*

Oui.... oui... (*Flora pose l'épée à l'entrée du regard.*)
Mais il faudrait prévenir les camarades qui sont postés là-bas.

FLORA.

Sans doute, si tu veux partager avec eux ?

DIABOLO.

Non, en vérité !

FLORA.

Tu as donc oublié que la prime appartient à celui qui ap-
portera le premier la nouvelle...

DIABOLO.

Ah ! ça, vous m'assurez qu'il est bien mort, n'est-ce pas ?

VERNER, *le tirant vers la gauche.*

Viens le voir... à deux pas d'ici...sept coups de poignard...
appliqués de main de maître.

DIABOLO.

Je m'en rapporte bien à toi ,camarade !

VERNER.

Viens...

DIABOLO.

Non , c'est inutile. Je vois bien que tu n'es pas homme à faire les choses à demi. Signora , un bon procédé en vaut un autre... Si jamais vous avez quelqu'ennemi qui vous gêne , dites un mot, et je vous en débarrasserai... gratis !

FLORA.

J'espère n'avoir jamais besoin de toi. Adieu. Barbaro t'accompagnera jusques hors de la forêt... Je connais un sentier qui vous y conduira en quelques minutes... Je vais vous l'indiquer. (*ils s'éloignent par la droite en passant devant le regard.*)

***

SCENE X.

ALPHONSE , *il arrive lentement par la gauche ; il est sans armes et porte un manteau bleu ; il a les bras croisés et paraît absorbé dans ses réflexions.*

Me voilà parvenu, sans m'en apercevoir, au lieu du rendez-vous... et je ne vois personne ! Pas le moindre bruit, rien qui annonce une chasse... A moins qu'elle ne se soit beaucoup éloignée. Ce calme, que rien n'interrrompt, ce silence absolu, qui laisse une libre carrière aux pensées, plaisent mieux à mon ame que les plaisirs bruyans dont ma cour est avide...J'aime à respirer le frais sous cet ombrage...il invite au repos...(*Il s'assied sur le tertre.*)La chaleur est accablante aujourd'hui.(*Il ôte sa toque et la pose sur une branche à sa gauche.*) Si je m'étais laissé intimider par les terreurs de Marco, ou par les avis mystérieux de mon sylphe , je ne serais pas venu ici...et cependant je n'y ai rien vu jusqu'à présent qui doive m'inspirer la moindre inquiétude , le plus léger soupçon sur mon frère. Comme le disait Verner, c'est quelqu'ennemi secret qui veut semer entre nous la division et la haine , dans l'espoir d'en tirer avantage. Il n'y parviendra pas , du moins de mon côté. Quelle raison pourrait armer Amaldi contre moi ? Toute ma vie n'est-elle pas consacrée à faire le bien ? Je n'ai d'autre pensée, d'autre but, que le bonheur de ceux qui m'entourent !... Je me suis dès long-tems pénétré d'une maxime , qui, si elle n'est pas gé-

néralement vraie, est du moins consolante pour l'humanité
et encourageante pour l'homme de bien... C'est que celui
qui vit en repos avec sa conscience, n'a rien à redouter du
sort. (*il appuie sa tête sur la main droite, s'étend sur le
tertre et tombe dans une profonde rêverie.*)

SCENE XI.

ALPHONSE; FLORA.

FLORA, *revenant par la droite.*

Ils sont déjà loin ! Nous voilà sortis heureusement de la
crise la plus dangereuse... Il paraît que le Duc a renoncé
au projet plus que téméraire... Que vois-je ? un manteau bleu !
(*elle approche.*) Grand dieu ! c'est lui... (*Elle regarde autour
d'elle avec beaucoup d'inquiétude.*) Pourvu qu'il n'ait point
été aperçu par Andréa et Salvator ! (*Elle tire des tablettes
de son sein, et écrit sur un feuillet qu'elle déchire et qu'elle
pose sur la toque d'Alphonse. Pendant qu'elle écrit, on voit
Andréa traverser le fond, de gauche à droite. Quand Flora
a fait ce qu'on vient d'indiquer, elle va soulever une pierre
qui est au pied d'un chêne et y dépose la bague d'émeraude
et la liste des conjurés, enveloppés dans un papier ; puis elle
vient se placer à droite entre la ruine et un gros arbre, de
manière à n'être point vue d'Alphonse. Alors elle appelle
d'une voix douce :* Alphonse ! Alphonse ! *Elle est à genoux,
l'inquiétude se peint sur tous ses traits ; elle porte alternati-
vement ses regards vers le ciel et sur Alphonse.*)

ALPHONSE.

Qu'est-ce ?... il m'a semblé qu'on m'appelait... (*il se lève.*)
Je ne vois personne. (*il veut prendre sa toque et aperçoit
l'écrit de Flora.*) Quel est ce papier ? (*il le prend et lit.*)
« Imprudent, c'est envain que ton Ange tutélaire veille au-
» tour de toi pour écarter les dangers qui te menacent... Ta
» fatale incrédulité te met à deux doigts de ta perte. Soulève la
» pierre qui est au pied du vieux chêne placé derrière toi,
» et tu y trouveras la preuve des homicides projets de ton
» barbare frère. Adieu : fuis sans perdre un moment ; tu es en-
» vironné d'assassins. » (*il va soulever la pierre et prend le
papier que Flora y a placé.*) Que vois-je ?... mon anneau !
qui me l'a dérobé ?... dans quelle intention ?... Quel mystère ! ... (*il déploie la liste.*) Liste des personnes qui se
sont engagées, par serment, à placer Amaldi sur le trône de

Ferrare.. Gianetti !.. Piétro !.. Vivaldi !.. Taddeo!.. Bianco!..
Andréa !... Salvator !... Les montres ! que leur ai-je fait !...
C'en est trop... jè ne puis résister à tant de preuves et je
vais...

SCENE XII.

LES PRÉCÉDENS, ANDRÉA, SALVATOR.

ANDRÉA, *dans le fond.*

Hé ! j'aperçois le manteau bleu !

SALVATOR.

C'est Alphonse lui-même.

ALPHONSE, *voyant Andrea et Salvator qui approchent tous
deux et paraissent disposés à lui barrer le chemin.*

Je vois trop tard que j'ai eu tort de négliger les conseils
salutaires de mes amis.

ANDRÉA.

Où donc est Diabolo ! et comment n'a-il pas encore rempli sa tâche ?

SALVATOR.

Nous la remplirons pour lui.

ALPHONSE.

Et je suis sans armes !...

ANDRÉA, *de loin.*

Duc de Ferrare, dis adieu au monde.

SALVATOR.

Salue le ciel pour la dernière fois.

FLORA, *se lève, prend vivement l'épée de Diabolo et
s'élance au-devant d'Alphonse.*

Brigands, avant tout vous aurez à faire à moi.

(*En se mettant en garde, elle prend son sifflet de la main
gauche et siffle à plusieurs reprises. Andréa et Salvator
fondent, sur Flora, qui se défend avec intrépidité, mais
en reculant ; on voit qu'elle ne tardera pas à succomber.*)

SCENE XIII.

LES PRÉCÉDENS, VERNER.

VERNER, *accourant.*

Me voici !... me voici !...

ANDRÉA, *s'arrétant.*

Ah ! c'est un camarade.

VERNER.

Détrompez-vous , coquins , c'est vous que je viens combattre et jusqu'à la mort.

(Il s'engage un combat à quatre. Flora et Verner tiennent Alphonse au milieu d'eux et se battent de l'autre main. Andréa et Salvator les attaquent vigoureusement , mais ils tombent percés de coups mortels.)

FLORA, *à Alphonse.*

Tu n'as plus rien à craindre.

ALPHONSE.

Intrépide jeune homme ! que je sache...

FLORA.

Il n'est pas tems encore... Va , retourne à ton palais ; fais ensorte d'y rentrer sans être aperçu. Tu y trouveras une invitation d'Amaldi pour une fête qu'il donne ce soir en réjouissance de la mort à laquelle il croit que tu n'as pu échapper.

ALPHONSE.

L'infâme !... et tu veux...

FLORA.

Tu t'y rendras. Il le faut pour l'entier accomplissement de mes desseins. C'est là que tu connaîtras tes ennemis , c'est là que je prétends te les livrer tous... Tu seras déguisé en magicien... je te reconnaîtrai à une plume rouge attachée sur ton bonnet ; n'y manque pas... Adieu , nous veillons sur toi.

(Alphonse , étonné , s'éloigne par la gauche. Flora et Verner le suivent , en se tenant enlacés.)

Fin du second Acte.

ACTE III.

Le théâtre représente une magnifique salle, dans le palais d'Amaldi : dans le fond un jardin, terminé par une grille.

SCENE PREMIERE.

AMALDI, GIANETTI.

GIANETTI.

CETTE particularité me semble bien étrange, seigneur.

AMALDI.

Non, mon ami, Flora n'était point chez elle, lorsque je suis revenu de la chasse... je me suis présenté à son appartement pour l'instruire, comme je le fais tous les jours, de ce qui s'est passé entre nous, ses femmes m'ont répondu qu'elle n'était pas visible. J'y suis retourné une heure, deux heures après... Toujours même réponse.

GIANETTI.

Il fallait insister.

AMALDI.

Faire un éclat ! offenser celle que j'aime !

GIANETTI.

La prudence l'exigeait. La femme que demain vous devez conduire à l'autel, celle qui va recevoir de vous la couronne Ducale, n'aurait pû vous blâmer de vouloir connaître la cause d'un refus...

AMALDI.

Qui m'étonne, d'autant plus, que je ne l'avais point encore éprouvé. Flora, venue secrètement avec moi, et cachée dans mon palais, a constamment paru recevoir mes visites avec un nouveau plaisir. Elle n'a cessé de me montrer l'empressement le plus flatteur. Pourrais-je supposer un autre motif que l'amour à sa touchante sollicitude, à cette curiosité sans cesse renaissante, qui lui fait désirer de connaître notre projet, jusque dans les moindres détails, qu'elle écoute avec un intérêt toujours croissant ?... Me préserve le ciel...

GIANETTI.

Quelle raison a pû l'empêcher de vous recevoir ?

AMALDI.

Je l'ignore.

GIANETTI.

Peut-être elle n'était point au palais !...

AMALDI.

Sortie de Ferrare à l'âge de dix ans, elle n'y connaît personne.

GIANETTI.

Je n'ose approfondir...

AMALDI.

Ah ! Gianetti ! Si Flora me trahissait !... L'univers armé pour la défendre ne la déroberait point à ma vengeance... la mort, Gianetti !... une mort terrible ! (*se remettant.*) Mais cela ne se peut pas.

GIANETTI.

Je suis loin de l'accuser, Seigneur. Je crois cependant que dans la circonstance où nous sommes, un demi-soupçon équivaut à une preuve, du moins quant aux mesures à prendre pour notre sûreté. Il est difficile que le Duc échappe au piège que nous lui avons tendu ; mais si ce malheur arrivait, il faut qu'il trouve en ces lieux une mort inévitable. Nous devons donc être bien assurés du dévouement des personnes qui seront admises à la fête que vous donnez ce soir. Je vous propose, pour plus de tranquillité, de changer les cartes d'entrée que vous avez distribuées à vos amis. Cette précaution me paraît d'autant plus sage, que Flora les ayant eues à sa disposition, puisque tous vos projets lui sont connues, elle a pu en abuser, s'il est vrai que mes soupçons soient fondés.

AMALDI.

Je loue ta prévoyance, mon cher Gianetti ; mais ce serait la pousser trop loin. D'ailleurs comment retrouver maintenant tous ceux que nous avons invités ? Hé non !... Tes craintes sont puériles, elles sont injurieuses pour Flora. Bornons-nous à exécuter ponctuellement tout ce dont nous sommes convenus. Va donner un coup d'œil aux préparatifs. Place toi-même les gardes chargés d'admettre nos affidés, et reposons-nous du reste sur la fortune qui semble enfin décidée à me combler de ses faveurs.

GIANETTI.

Fiez-vous à mon zéle, Seigneur, je n'omettrai rien.

(*Comme il sort, Flora entre par la gauche, il la salue et s'éloigne.*)

<table>
<tr><td>L'*Ange tutélaire*</td><td>G</td></tr>
</table>

SCENE II.

AMALDI, FLORA, *parée.*

FLORA.

On vient de me dire, Seigneur, que vous vous êtes présenté plusieurs fois à mon appartemeut.

AMALDI, *froidement.*

Il est vrai, madame.

FLORA.

Pourquoi n'êtes-vous pas entré ?

AMALDI.

J'ai respecté vos ordres.

FLORA

Vous savez bien qu'Amaldi est excepté de toutes les défenses que je puis faire. Je n'imaginais pas que vous dussiez revenir sitôt de la chasse, et pour n'être point distraite des grands intérêts qui m'occupent, j'avais fait fermer ma porte, afin de n'être point obligée de recevoir la visite de quelques-uns des jeunes seigneurs que vous avez admis dans notre confidence. Mais, encore une fois, cet ordre ne vous concernait pas. C'est un excès de zèle de la part de mes femmes, et je les ai sévèrement réprimandées de m'avoir privée du plaisir de vous recevoir.

AMALDI.

Quoi ! vraiment, Flora, vous vous occupiez de moi ?

FLORA.

Je vous jure, seigneur, que vous n'avez pas cessé de m'être présent.

AMALDI.

Vous prenez donc un intérêt sincère aux événemens de cette journée ?

FLORA.

Oh ! plus grand mille fois que je ne puis vous le dire. J'y attache ma félicité, mon honneur, ma gloire, tout le charme de ma vie.

AMALDI.

Je vous remercie, Flora. (*à part.*) Cet enthousiasme part du cœur, on ne saurait s'y méprendre. Gianetti est un visionnaire, je suis aimé comme on ne le fût jamais.

FLORA, *à part.*

Je crois avoir entièrement détruit ses soupçons.

SCENE III.

LES PRÉCÉDENS, PÉDRO.

PEDRO.

Seigneur, il y a là un homme de très-mauvaise mine,
qui demande à être introduit près de vous ; il s'agit, dit-il,
d'un objet de la plus haute importance.

AMALDI.

Son nom ?

PEDRO.

Il a refusé de le dire.

AMALDI.

Fais entrer. (*Pédro sort.*) C'est sans doute un des auxiliaires. Ceci est encore une énigme pour vous, Flora, mais
elle va bientôt s'expliquer.

AMALDI.

Rentrez, peut-être que ce que cet homme vient m'apprendre vous serait pénible.

FLORA.

Au contraire, Seigneur, j'entendrai tout avec le plus vif
intérêt.

SCENE IV.

LES PRÉCÉDENS, DIABOLO, *enveloppé d'un manteau noir.*

DIABOLO, *paraît surpris en voyant Flora ; celle-ci lui fait signe de se taire.*

(*A part.*) Comment, la voilà !... il faut que cette femme-
là soit le diable en personne.

AMALDI.

Eh bien ! qu'y-a-t-il de nouveau ? (*Diabolo veut tirer
Amaldi à l'écart.*) Tu peux parler devant la signora... elle
sais tout... les mêmes intérêts nous unissent.

DIABOLO.

Ah ! c'est différent. (*il se place entre Amaldi et Flora.*)
Seigneur, le Duc est mort.

AMALDI.

Andréa et Salvator...

FLORA, *bas, à Diabolo.*

Tués.

DIABOLO, *regarde Flora avec étonnement et répète.*

Tués... du reste, rien qui mérite de vous être raconté.

AMALDI.

Comment , Andréa et Salvator ont péri ?

DIABOLO.

Oui , Seigneur , ils sont morts glorieusement.

AMALDI.

Le Duc s'est donc défendu ?

DIABOLO.

Comme un lion !

AMALDI.

Il était armé ?

DIABOLO.

Jusqu'aux dents.

FLORA , *serre la main de Diabolo.*

(*A part.*) Bien !

AMALDI.

Il m'avait trompé.

DIABOLO.

Adossé contre un arbre, il a long-tems résisté à nos efforts;
mais enfin la victoire s'est déclarée pour le parti de la justice.

AMALDI.

Et toi , n'es-tu pas blessé !

DIABOLO.

Pas la moindre égratignure. J'ai vraiment joué de bonheur
dans cette affaire-là.

FLORA , *à part.*

A merveille !

DIABOLO , *montrant le manteau bleu , qu'il cachait sous
le sien.*

Voilà la preuve...

AMALDI.

Suis-moi ; je vais te compter la somme convenue.

DIABOLO.

Très-volontiers.

AMALDI.

Mais , non. . . demeure. Il est inutile que l'on te voie au
palais. Tu as un costume et un air trop remarquables pour
ne pas faire sensation. Il vaut mieux. . .

DIABOLO.

Comme il vous plaira. (*bas , à Flora.*) Comment diable
vous trouvez vous ici avant moi !

FLORA , *bas , à Diabolo.*

Je t'ai indiqué le chemin le plus long. (*haut , à Amaldi.*)
Je vous suis, Seigneur.

AMALDI , *qui s'est arrêté au fond , revenant sur ses pas.*

Je fais une réflexion.

DIABOLO, *à part.*

Haï !... haï !...

AMALDI.

Je t'ai promis cinq cents ducats et te les promets encore.

DIABOLO, *à part.*

Ce n'est pas là mon compte.

AMALDI.

Tu les auras. En voilà déjà cent...

DIABOLO, *à part.*

Je ne perdrai pas tout.

AMALDI.

Dans cette bourse que le Duc a portée et dont il m'a fait présent. (*il lui donne une bourse.*)

DIABOLO.

Qu'à cela ne tienne, Seigneur ; gardez la bourse si elle vous fait plaisir, pourvu que vous me donniez l'argent.

AMALDI.

J'ai des raisons pour en agir ainsi. Ecoute-moi... Je veux me concilier l'estime du peuple... et je n'ai pas de moyen plus sûr pour y parvenir, que de prendre, en apparence, un grand intérêt à l'événement qui vient de se passer, et de montrer beaucoup d'empressement à connaître et à punir les auteurs de cet horrible attentat.

DIABOLO, *à part.*

Mauvais début ! (*haut.*) Certainement, Seigneur...

FLORA, *à part.*

Où veut-il en venir.

AMALDI.

Tu vas sortir par une petite porte qui donne sur la cam-pagne...

DIABOLO.

Tout de suite, Seigneur.

AMALDI.

Non pas... Attends que j'aie fini. Je te ferai suivre par deux de mes gens...

DIABOLO.

Cela n'est pas nécessaire, j'irai trés-bien seul.

AMALDI.

Tu reviendras à Ferrare par le chemin qui conduit à la forêt.

DIABOLO.

Mais je ne vois pas...

AMALDI.

Avant d'entrer dans la ville , tu seras arrêté par mes deux valets, qui tu conduiront pieds et poings liés au tribunal de l'Inquisition.

DIABOLO.

Bah ! et pourquoi faire ?

AMALDI.

Ils déposeront entre les mains des juges le manteau du Duc et cette bourse que tu seras censé lui avoir dérobée.

DIABOLO.

Dans ce cas , j'aime autant que vous la gardiez.

AMALDI.

Non. Il faut que cela soit ainsi. Ils annonceront qu'ils viennent de trouver Alphonse mort dans la forêt et te dénonceront comme le meurtrier.

DIABOLO.

Ils feront là une belle chose... et puis ?

AMALDI.

On te conduira devant moi.

DIABOLO.

A la bonne heure. Je respire. Vous me renverrez...

AMALDI.

Au contraire. Je t'interrogerai... tu n'ieras tout.

DIABOLO.

Bien entendu !

AMALDI.

Alors je te renverrai par devant le tribunal qui te condamnera à mort.

DIABOLO.

Permettez , Seigneur...

AMALDI.

Sois sans inquiétude. Tout cela n'aura lieu que pour la forme... Un fidèle émissaire te procurera les moyens de t'évader , et te portera la récompense promise , sans compter ce que je te donne.

DIABOLO.

C'est comme si je n'avais rien , puisque cela sera déposé entre les mains de la justice... Permettez , encore une fois : si par hazard quelque circonstance , que vous ne prévoyez pas , empêchait l'effet de vos bonnes intentions... Si votre émissaire arrivait trop tard ?....

AMALDI.

Sois tranquille...

DIABOLO.

Je ne suis pas tranquille du tout.

AMALDI.

Point de réflexions. Les hommes de ton espèce sont de vils instrumens que l'on brise quand on n'en a plus besoin. Songe que ta vie est entre mes mains. S'il t'échappe un mot , qui contrarie mon plan , je te livre à l'inquisition, et ton supplice ornera mon triomphe.

DIABOLO,

Jolie perspective ! me voilà bien avancé !

FLORA, *bas, à Diabolo.*

Obéis et ne crains rien ; je te sauverai.

AMALDI, *dans le fond.*

Holà ! Pédro !... Sébastiani !...

DIABOLO, *bas, à Flora.*

Parbleu ! vous m'avez fait un joli cadeau ! Où est-il donc ce camarade Barbaro? je lui céderais volontiers ma place.

FLORA.

Tais-toi ! je te réponds qu'il ne te sera pas fait le moindre mal.

DIABOLO, *voyant entrer Pédro et Sébastiani.*

Ah ! ce sont-là mes écuyers... (*à part.*) Il n'y aura pas moyen de s'en débarrasser. Faisons contre fortune bon cœur.

AMALRI, *qui a parlé bas à ses valets.*

Suis ces gens... ils savent ce qu'ils ont à faire.

DIABOLO.

Oui , Seigneur... N'allez pas m'oublier au moins ?

AMALDI.

Sois discret.

FLORA, *bas, à Diabolo.*

Compte sur Flora. (*Diabolo sort en se grattant l'oreille, il est précédé par Pédro , et suivi par Sébastiani.*)

SCENE V.

AMALDI, FLORA.

(*On voit plusieurs personnes qui se présentent à la grille du fond.*)

AMALDI.

Maintenant, Flora , retournez à votre appartement. J'aperçois déjà des personnes qui se rendent à la fête ; il ne faut pas que l'on vous y voie. Vous ne vous montrerez que lorsque l'événement sera connu. Demain, j'espère pouvoir vous présenter à tous mes amis , comme mon épouse.

FLORA, *avec une double intention.*

Oh ! oui , demain tout sera terminé.

AMALDI.

A moins cependant qu'il vous soit agréable de revenir sous un déguisement que vous me ferez connaître.

F L O R A.

Me déguiser, moi !... Non, je veux me montrer telle que
je suis. Au revoir, Seigneur.

A M A L D I.

Respect, amour pour la belle Flora. (*il lui baise la
main ; elle s'éloigne par la gauche.*)

S C E N E V I.

A M A L D I, G I A N E T T I, Seigneurs et Dames.

GIANETTI, *amenant deux soldats qu'il place de chaque
côté de la grille du fond.*

Songez à suivre exactement la consigne que je vous
ai donnée. (*A Amaldi.*) Seigneur, j'ai fait tout ce dont nous
sommes convenus. (*On ouvre la grille ; les personnes qui
se présentent montrent leurs cartes aux sentinelles qui les
laissent passer. Les soldats ont leurs hallebardes croisées
en forme de barrière.*)

A M A L D I.

Bien ! A propos, Diabolo sort d'ici.

G I A N E T T I.

Eh bien !

A M A L D I.

Plein succès.

G I A N E T T I.

Dieu soit loué !

A M A L D I.

Nous avons perdu nos amis.

G I A N E T T I.

Tant mieux. c'étaient de mauvais sujets. On vient de
me faire dire que ma présence est nécessaire chez moi, et
j'y cours.

A M A L D I.

Songe qu'elle ne l'est pas moins ici.

G I A N E T T I.

Je reviens bientôt. (*il sort.*)

S C E N E V I I.

A M A L D I, Seigneurs et Dames.

AMALDI, *aux personnes qui sont entrées.*

Soyez les bien venus !... Seigneurs, et vous, mesdames,

livrez-vous au plaisir ; que cette nuit soit une nuit de dé-
lices ; que les mets les plus délicats, les vins les plus re-
cherchés soient servis avec profusion ; qu'une musique
harmonieuse écarte loin d'ici le sommeil, que des milliers
de flambeaux chassent les ténèbres et devancent l'aurore
en ces lieux ; enfin que la joie soit universelle.
(*Les convives se disposent à la danse, on entend en-dehors
une musique gaie et vive. On danse. BALLET.*)

SCENE VIII.

LES PRÉCÉDENS, Deux MAGICIENS, *masqués.*

(*Peu-à-peu, il arrive des masques ; il y en a de grotesques et
qui fixent l'atttention ; ils dansent à leur tour. On voit,
vers la fin du bal, un masque vêtu en magicien, se présenter à la grille ; il porte une plume rouge sur son bonnet.
Il est bientôt suivi d'un autre masque dont le costume est
en tout pareil au sien, à la plume près. Le second magicien
suit le premier partout, dans les groupes, il ne le perd pas
de vue. Parmi les masques, il y en a qui se promènent
par petits groupes. D'autres qui se reconnaissent et qui
paraissent s'entretenir à voix basse. Amaldi qui n'est
point masqué, est arrêté par plusieurs personnes avec les-
quels il cause.*)

SCENE IX.

LES PRÉCÉDENS, DIABOLO, *enchaîné et conduit par des
soldats. Le chef de la garde remet un papier à Amaldi.*)

A M A L D I.

De la part de l'iquisiteur suprême !.... Pardon, mesdames, il s'agit, selon toute apparence, d'un délit grave ;
consentez, je vous prie, à vous réunir dans la salle du festin,
où je ne tarderai pas à me rendre, avec mes amis, pour en
faire les honneurs. (*Les femmes sortent en dansant. Amaldi
lit la lettre qu'on lui a remise et feint la plus grande surprise.
Aux gardes.*) Eloignez-vous un moment, que j'interroge ce
monstre... Dis-moi, misérable, quel motif a pu t'engager
à porter une main criminelle sur un prince justement adoré
de tout son peuple. (*Quand il voit que les gardes se sont
éloignés, il change de ton.*) Mes amis, le voilà, l'homme
intrépide et courageux dont le bras à frappé notre ennemi.
Alphonse n'est plus. (*Presque tous les conjurés se démasquent*)

D I A B O L O, *à Amaldi.*

Vous êtes donc bien sûr des personnes qui vous entourent
pour oser ?....

L'Ange tutélaire.   H

AMALDI.

Ce sont tous ceux que tu as vus tantôt dans la forêt.
D'ailleurs, nos mesures sont bien prises.

DIABOLO, *avec assurance.*

Oui, Seigneur, c'est moi qui suis cet homme intrépide.
Je puis, sans vanité, vous dire que ceci est un des coups le
plus étonnans que j'aie faits de ma vie. C'est au point que
je n'y conçois rien moi-même. Enfin, Seigneur, tant il y a
que j'ai réussi, et que vous devez être content de moi.

TOUS.

Assurément.

AMALDI.

Aussi seras-tu magnifiquement récompensé.

DIABOLO, *à part.*

Allons, cela commence à prendre une bonne tournure.

SCENE X.

LES PRÉCÉDENS, GIANETTI, *accourant.*

GIANETTI, *à Amaldi.*

Seigneur, Alphonse n'est pas mort.

DIABOLO, *à part.*

Haï! haï!

AMALDI, *et tous les conjurés.*

Il n'est pas mort.

GIANETTI.

Il est venu dans la forêt, sans armes, ainsi qu'il l'avait
annoncé. Attaqué par Andréa et Salvator, il a été défendu
et sauvé par deux inconnus de très-mauvaise mine, qui ont
vaincu nos amis. Salvator est resté sur la place; mais Andréa,
quoique grièvement blessé a pu se traîner jusqu'au bord de
la forêt. Là, ses cris ont attiré qulques passans. Il s'est fait
porter chez moi, et c'est de sa bouche que je tiens ces détails.

AMALDI, *à Diabolo.*

Traître! tu m'as donc abusé?

DIABOLO.

Écoutez, Seigneur? Je suis trop honnête homme pour
vous tromper. Je crois bien que le Duc est mort; mais ce
qu'il y a de très-certain, c'est que ce n'est pas moi qui l'ai
tué.

AMALDI.

Et qui donc?

DIABOLO, *regarde autour de lui.*

Je vais vous le dire.

AMALDI.

Hé bien!... parleras-tu?

(59)

D I A B O L O.

C'est que je regarde auparavant si je ne reconnaîtrais
point parmi ces beaux masques, (*avec mystère.*) Cette jeune
dame... Pardon, Seigneur... cette jeune dame qui était ici
quand je suis venu , y est-elle encore ?

A M A L D I.

Qu'importe cette jeune Dame ?

D I A B O L O.

Il importe beaucoup.

A M A L D I.

Elle n'y est point... Réponds... qui a frappé le Duc ? qui
t'a donné son manteau ?

D I A B O L O.

Flora, sous l'habit d'un pâtre et accompagnée de Barbaro , un épouvantable coquin qu'elle ma présenté comme le
ministre de sa vengeance et de la vôtre. « Va , m'a-t-elle, dit
je te veux du bien. Alphonse n'est plus... Voilà son manteau,
Porte-le chez Amaldi , tu y recevras la récompense promise
au meurtrier de son frère. Connaissant votre intimité , je
l'ai crue sur parole, d'autant que le camarade avait bien l'air...

A M A L D I.

Flora m'a trahi !... La perfide... elle mourra. Je vais la
chercher. C'est devant vous , amis, que je veux...

G I A N E T T I.

Un moment. Flora ne peut nous échapper ; mais il est un
autre point, non moins important, qu'il faut éclaircir avant
tout. (*à demi-voix.*) Andréa m'a dit aussi que , d'après les
ordres du plus jeune de ses libérateurs , le Duc devait se
rendre au bal , déguisé en magicien et qu'on le reconnaîtrait
à une plume rouge , placée sur son bonnet.

(*Dans ce moment les deux magiciens se sont approchés , ils
entendent ce que dit Gianetti, et avant qu'il ait fini , par
un mouvement plus prompt que la pensée , le deuxième
détache la plume rouge , qui est au bonnet du premier , et
la place au sien.*)

A M A L D I.

Une plume rouge !... Voyons....

(*Amaldi et tous les conjurés regardent à gauche , puis à*
droite.)

La voilà !...

(*Dans le mouvement qui s'est fait , quelques masques ont
entouré le premier magicien et l'ont séparé de l'autre.*)

C'est le Duc !...

F L O R A , *ôte son masque , son habit et paraît vêtue*
comme au commencement de l'acte.

Vous vous trompez, ce n'est pas lui.

A M A L D I, *reculant de surprise.*

Flora!... Perfide ! ta dernière heure a sonné. Rien ne peut te soustraire à la mort ; et c'est moi qui veux te la donner.

U N   M A S Q U E, *d'une voix forte.*

Scélérat !

A M A L D I, *s'élançait sur Flora , cette voix le frappe et il s'arrête.*

Mes amis, Alphonse est parmi nous. Il vient de se trahir ! J'ai reconnu sa voix...

A L P H O N S E, *se démasquant.*

Oui, monstre ! il y est pour te punir.

A M A L D I.

Point de pitié. Amis, nous tenons nos deux victimes, frappons-les à la fois.

(Il s'avance vers Alphonse , tous les conjurés l'imitent ; il se fait un mouvement général ; Marco couvre Alphonse de son corps ; Verner se place devant Flora. Une ligne entière de masques , qui garnissait les côtés et le fond de la salle jette habits et masques , et présente des soldats de la garde Allemande , qui renversent les conjurés , les désarment et sont prêts à les frapper. Tableau Général.)

A M A L D I.

Quoi, Flora ! vous m'avez trompé ?

F L O R A.

Je m'en fais gloire. Ce jour est le plus beau de ma vie. Je n'ai feint d'entrer dans vos vues , que pour déjouer ce complot odieux. J'ai été plus d'une fois sur le point d'échouer ; mais dans ce cas mon parti était pris. Je me serais percé le cœur, plutôt que d'appartenir à un vil meurtrier.

A L P H O N S E.

Amaldi , et vous ingrats que je n'ai cessé de combler de bienfaits , vous vous êtes rendus indignes de pardon, je vous livre tous à la sévérité des lois ; elles mettront un terme aux effets de votre perversité. (*On emmène Amaldi. et tous les conjurés. A Flora.*) O mon Ange tutélaire ! sans toi , je succombais aux pièges de ces brigands ! Femme étonnante, que ne te dois je pas ? Quelle récompense...

F L O R A.

En est-il de plus belle , de plus glorieuse que l'honneur d'avoir sauvé son pays !

F I N.

www.ingramcontent.com/pod-product-compliance
Ingram Content Group UK Ltd.
Pitfield, Milton Keynes, MK11 3LW, UK
UKHW021459090726
13657UKWH00003B/1414